Carsten Feddersen

Sein letztes Halali

NEUMANN-NEUDAMM

ISBN 978-3-7888-1118-1

Schwalbenweg 1, 34212 Melsungen
Tel. 05661.9262-26, Fax 05661.9262-20, www.neumann-neudamm.de

Printed in Germany
Satz/Layout: J. Neumann-Neudamm AG, Melsungen
Druck und Weiterverarbeitung: Druckerei Bercker, Kevelaer
Titelbildgestaltung: Agentur neue formen, Kassel

Kapitel 1

Stefan Meierling saß unbeweglich auf dem Hochsitz an der großen Wiese, das Repetiergewehr stand griffbereit am rechten Holm. Nur die Augen suchten systematisch die in der Dämmerung versinkende Wiese ab, die das Schwarzwild Nacht für Nacht heimsuchte und stellenweise bereits in einen Sturzacker verwandelt hatte. Immer schneller versank dieser kurze Februartag in der Dunkelheit der Nacht, immer schlechter wurde die Sicht. Selbst das starke Nachtglas zeigte nur noch schemenhaft die Umrisse der uralten knorrigen Eichen, deren riesige Äste wie übermächtige Finger auf die Wiese gierten.

Doch Stefan Meierling dachte nicht daran, seine hohe Warte zu verlassen. Denn in einer knappen Stunde würde sich die volle Scheibe des Mondes in den sternenklaren Himmel schieben, würde alles in ein silbriges, unwirkliches Licht tauchen. Mit dem zehnfachen Zielfernrohr auf dem Gewehr würde es dann ein leichtes sein, ein Wildschwein ins Visier zu bekommen und mit einem gezielten Schuss zu erlegen.

Still in sich hinein lächelnd schlang er die mitgebrachte Decke enger um die Beine und lehnte sich zufrieden zurück. Gerade vor einigen Tagen hatte die Neuverpachtung dieser kleinen Dorfjagd stattgefunden. Und wieder war es ihm mit einigen Tricks und Raffinessen gelungen, diese für sich zu entscheiden. Zwar waren auch Johannes Kalübbe, der größte Landbesitzer im Dorf, und der Jungbauer Alwin Olsen mit von der Partie, doch die würde er schon geschickt gegeneinander ausspielen. Wie leicht hatten sich die Bauern doch wieder von ihm übertölpeln lassen. Das leise Lächeln verwandelte sich in ein hämisches Grinsen. Er war der Größte, alles, aber auch alles hatte er im Griff.

Rot schob sich der Mond am Horizont empor.

Da - eine Bewegung, eher erahnt als gesehen, ließ ihn

aufschrecken. Sollten die Wildschweine bereits anwechseln? Lautlos und leise glitt das Fernglas zu den Augen.

Na, das war dann doch der Gipfel. Dort marschierte ein Mensch zielstrebig quer über die Wiese auf seinen Hochstand zu. Mit der Schwarzwildjagd war es für diesen Abend vorbei, denn das auf Geruch so sensibel reagierende Wild würde bei dieser frischen Menschenspur sofort die Flucht ergreifen.

Wutentbrannt wickelte sich Meierling aus seiner Dekke, kramte Fernglas und Waffe zusammen und kletterte vom Hochsitz.

Diesem Dämlack würde er jetzt erst einmal die Leviten lesen. Sich seiner Körpergröße von fast zwei Meter voll bewusst, stapfte er mit grimmigem Gesicht auf den Störenfried los. Dieser hatte sich dem Hochstand ebenfalls auf fast 40 Meter genähert.

Meierling rief schon von weitem mit zornbebender Stimme: „Wer sind sie? Was treiben sie hier?“

Die beiden trafen zusammen, schauten sich in die Augen. „Du?“ fragte Meierling mit tonloser Stimme. Im selben Moment richtete sich die Mündung eines Revolvers auf seine Brust. Mit weit aufgerissenen Augen, völlig verständnislos blickte Meierling sein Gegenüber an. Der Mund öffnete sich zu einem stummen Aufschrei als der scharfe Knall die spätabendliche Stille zerriss. Dumpf fiel der schwere Körper zu Boden. Die Augen starrten wie anklagend in den Himmel. Stefan Meierling war tot.

Kapitel 2

Kommissar Karl Jensen atmete erleichtert auf als er das Büro seiner Chefin an diesem Freitagnachmittag verließ. Drei Wochen Urlaub warteten auf ihn.
Drei Wochen Resturlaub aus dem Vorjahr, lange und redlich verdient und noch länger überfällig. Glücklicherweise lagen derzeit keine schwereren Delikte vor und die angebliche Leiche, die aus der Kieler Förde geborgen wurde, ließ sich sehr schnell als das identifizieren, was sie war, eine Schaufensterpuppe.

Oberkommissarin Caroline Schäfer, ebenso korpulent wie herzlich, hörte sich seinen diesbezüglichen Bericht lächelnd an. „Die weitere Fahndung überlassen sie getrost uns, Herr Jensen", schmunzelte sie. „Ich wünsche Ihnen und Ihrer Frau einen schönen Urlaub. Wohin soll die Reise gehen?"
„Drei Wochen Gran Canaria hat meine Frau gebucht, bei diesem Schietwetter jetzt im Februar bestimmt genau das Richtige."
„Na denn, guten Flug und viel Sonne."
„Danke, danke" und schon war er raus.

Karl Jensen freute sich auf diesen Urlaub. Seit fünf Jahren war dies der erste zusammenhängende Urlaub, den die beiden wieder einmal gemeinsam verbringen konnten. Immer wieder hatte er seine Frau vertrösten müssen, immer kam kurz vor Urlaubsbeginn ein wichtiger Fall dazwischen. Entweder war einer seiner Kollegen plötzlich erkrankt oder befand sich bereits irgendwo am Meer oder in der Sonne. Und jedes Mal die flehentliche Bitte seiner Chefin: „Jensen, könnten sie nicht noch einmal verschieben, wir brauchen sie doch jetzt hier?" Und nie brachte er es fertig abzulehnen. Doch diesmal sollte es anders sein, denn genau in diesen Urlaub fiel ihr zwanzigster Hochzeitstag.

Schon wandte er sich auf dem Flur der Ausgangstür zu, als er leise fluchte: „Verdammt, ich habe die Zigaretten in meinem Büro vergessen." Er lief den mit Linoleum ausgelegten

Gang hinunter, stürmte die knarrende Holztreppe empor und gelangte etwas außer Atem in den ersten Stock. „Verflixtes Laster“, knurrte er in sich hinein und betrat sein Büro. „Du bist noch da?“ wunderte sich sein Kollege, Martin Blöcker, dabei erstaunt von seinem Schreibtisch aufblickend. „Hab‘ meine Zigaretten vergessen.“ Kommissar Blöcker, ein hagerer, durchtrainierter Enddreißiger, sah ihn missbilligend an. „Du hast etliche Kilo zuviel auf den Rippen, rauchst wie ein Schlot und bist auch einem guten Tropfen nie abgeneigt. Mit deinen 45 Jahren solltest du dich langsam von dem einen oder anderen Laster trennen.“

Karl Jensen winkte verärgert ab, musste seinem Freund und Kollegen jedoch im Stillen recht geben.
„Na tschüß noch mal und halt die Ohren steif, „ rief er ihm zu und verschwand durch die Bürotür. „Kiek mol wedder in“, ertönte die lachende Antwort.

Fröhlich pfeifend fuhr er dann von Kiel in Richtung Meimersdorf, einem kleinen Vorort der schleswig-holsteinischen Landeshauptstadt, in dem er und seine Frau ein behagliches, kleines Häuschen mit einem liebevoll angelegten Garten besaßen. „Hallo Susanne, mein Schatz! Tut mir leid, dass es schon wieder so spät geworden ist. Ich habe mit Martin noch mal die laufenden Fälle durchgesprochen. Doch jetzt ist Schluss. Endlich Urlaub und wir beide chic am Strand!“ - „Du Karl, ich muss dir etwas Unangenehmes beichten.“ Karl Jensen gab seiner Frau einen flüchtigen Kuss auf die Wange. „Gleich mein Schatz, lass mich nur schnell duschen.“ Nach der kurzen, kühlen Erfrischung betrachtete sich Jensen im Spiegel dann doch ein wenig sorgenvoll. „Nach dem Urlaub wird aber ernsthaft abgenommen“, haderte er mit sich selbst.

„Schatz,“ rief seine Frau ins Badezimmer hinein, „ich muss dir etwas Dringendes beichten“. – „Ich habe jetzt Urlaub und nehme daher keine Geständnisse entgegen,“ erwiderte er lachend. „Komm, lass uns erst einmal auf unsere Hochzeitsreise anstoßen!“

Im selben Moment klingelte das Handy, dessen Nummer nur seiner Chefin und den Kollegen sowie natürlich seiner Frau bekannt war. Da seine Frau neben ihm stand, ließ sich die Identität des Anrufers unschwer erraten. Für einen Moment zögerte er. Sollte er das Gespräch überhaupt noch annehmen?

Doch dann siegte das Pflichtgefühl, oder war es die Neugier? Mit versteinertem Gesicht hörte er sich den Bericht von Martin Blöcker an. „Ein toter Jäger? Na gut, ich fahre noch kurz mit raus, aber du weißt Martin, am Montagmorgen geht mein Flieger. Ich warte auf dich, hole mich direkt von zu Hause ab."

Karl Jensen beendete das Gespräch und sah seine Frau mit schlechtem Gewissen an. „Du, Susanne, ich will mir wirklich nur einen kurzen Eindruck verschaffen. Ich vermute mal, da konnte so ein Hobbyjäger nicht richtig mit seiner Waffe umgehen und hat sich selbst in die ewigen Jagdgründe befördert. Danach kann Blöcker den Fall weiter bearbeiten. Wir fahren Montag nach Gran Canaria." „Du Karl, nun höre mir doch endlich mal zu, „ erwiderte sie in einem ungewohnt energischem Ton. „Mit unserem Flug hat es wohl ein Missverständnis gegeben." Karl Jensen horchte auf! „Wieso Missverständnis?" Seine Frau errötete bis in die Haarspitzen. „Tja, weißt du, als ich die Bestätigung vom Reisebüro bekam, habe ich gar nicht mehr auf das Datum geachtet. Erst heute, als ich die Tickets erhielt und...." „Was und?" „Na ja, wir sind erst für vier Wochen später gebucht!" Stumm schauten die beiden sich gegenseitig an. Ein erstes Zucken des Mundwinkels, ein Glucksen, dann brachen beide wie auf Kommando in ein erlösendes Lachen aus.

„Frauen und Organisation, zwei Welten treffen sich." - „Das nächste Mal kümmerst du dich, du Angeber. Zudem wäre es bestimmt doch nichts geworden. Siehst du, Martin wartet schon unten im Auto Das habe ich als kluge, vorausschauende Ehefrau natürlich schon kommen sehen." – "Natürlich!" lachte er, nahm seine Frau in den Arm und küsste sie liebevoll und zärtlich.

Kapitel 3

Karl Jensen und Martin Blöcker fuhren durch die Nacht in Richtung Wessehöft. Die strahlende Mondscheibe verschwand mehr und mehr hinter sich hoch auftürmenden Wolkenformationen während sich das Blaulicht gespenstisch flackernd an den kahlen Randbäumen und -büschen der kleinen Landstrasse brach. „Es tut mir Leid, Karl, dass ich dich so kurz vor dem Urlaub mit einem Toten behelligen muss."
„Vergiss man den Urlaub, den hat Susanne bereits selbständig um vier Wochen verschoben," schmunzelte dieser, „Montagmorgen werde ich erst einmal mit unserer Chefin darüber sprechen müssen."

Martin Blöcker blickte erstaunt auf seinen Beifahrer, enthielt sich aber jeglichen weiteren Kommentars.

Stattdessen fragte Karl Jensen: "Was ist eigentlich genau passiert? Hast du schon weitere Informationen?"
"Nicht eben viele! Ein gewisser Johannes Kalübbe aus Wessehöft klingelte die 110 an und stammelte etwas von einer Leiche, die er auf einer Wiese gefunden haben wollte. Die Zentrale schickte erst einmal einen Streifenwagen los. Unsere Jungs sind scheinbar recht schnell fündig geworden und haben das Areal abgesperrt. Bevor ich zu dir gefahren bin, habe ich noch vorsorglich einen Gerichtsmediziner und den gesamten Erkennungsdienst nach Wessehöft gejagt. Die müssten eigentlich schon vor Ort sein." – "Das hast du prima gemacht", nickte Jensen anerkennend. „Denn schau mal raus, morgen früh wäre alles unter einer Schneedecke begraben gewesen." Und beide blickten wortlos auf die immer dichter werdenden Schneeflocken, die durch den Wind getrieben, auf dem Teer der Straße kreiselten.

Während sich erste vereinzelte Schaulustige an der Absperrung einfanden, wurden sie von einem Polizisten vor

Ort eingewiesen. Sie waren kaum aus dem Auto gestiegen, als der ihnen aus jahrelanger Zusammenarbeit gut bekannte Gerichtsmediziner, Uwe Jochimsen, schon eilig auf sie zuschritt.

„Moin, Ihr beiden, wieso ausgerechnet immer am Wochenende oder mitten in der Nacht. Ich hatte für meine Frau und mich Karten für „Nathan der Weise“.“

„Moin, Moin, Uwe, was willst du überhaupt, hier hast du doch deine Tragödie und das hautnah“, erwiderte Martin Blöcker grinsend. Karl Jensen blickte zum Toten und fragte: “Was habt ihr bis jetzt rausgefunden?“

„Der Mann wurde unzweifelhaft erschossen, und meines Erachtens nicht mit dem Gewehr, das neben ihm liegt. Eine weitere Waffe haben wir bei ihm nicht gefunden. Einen Jagdunfall möchte ich so gut wie ausschließen.“

“Also wahrscheinlich Mord“, flüsterte Jensen mehr zu sich als zu den anderen. Martin Blöcker und Uwe Jochimsen blickten ihn wortlos an.

„Habt ihr schon das Projektil gefunden?“ fragte Jensen.

„Nein, wir gehen von einer großkalibrigen Waffe aus, der Einschuss ist ziemlich markant und das Geschoss durchschlug den Körper. Es ist relativ schwer einzuschätzen wie weit das Projektil noch flog. Dann das Gras und dazu noch der aufkommende Schnee. Es wird nicht leicht sein, es zu finden.“

„Kannst du schon etwas über die Tatzeit sagen, Uwe?“ folgte die nächst obligatorische Frage von Jensen.

„Etwa vor drei Stunden, näheres später, wenn ich ihn erst einmal auf meinem Tisch gehabt habe.“

Jensens Handy klingelte und er war froh, sich damit in den Wagen zurückziehen zu können, um dem unangenehmen, den ganzen Körper auskühlenden Schneetreiben zu entgehen.

Nur kurze Zeit später stieg er wieder aus, zog den Kra-

gen seines Mantels höher und trat wieder zu seinen Kollegen. „Okay, Martin, kümmere du dich um den Abschluss der Spurensuche. Ich werde mich inzwischen mit diesem Herrn Kalübbe über die Identität des Opfers und die Entdeckung der Leiche unterhalten. Wenn ihr mit der Spurensuche fertig seid, nehmt unseren Jäger mit, sonst finden wir ihn in dem tiefen Schnee gar nicht mehr wieder. Ich habe eben mit unserer Schäferin gesprochen. Sie erwartet morgen früh um 9:00 h einen ersten Bericht zur Lage. Ich gehe davon aus, Uwe, dass wir dann einen ersten Autopsiebericht auf dem Tische haben."
"Aha, wieder die übliche Sklaventreiberei", schimpfte dieser und wandte sich wieder dem Tatort zu.

„Also, wir sehen uns alle drei morgen früh im Büro!" schloss Jensen das Gespräch und stapfte missmutig, die Hände tief in die Taschen seines Mantels vergraben, auf Johannes Kalübbe zu.

„Wohnen sic wcit von hier?" – „Nein, gleich der nächste Hof ist meiner, sehen sie das Licht dahinten etwa 500 Meter entfernt? Das ist er."
"Na, dann kommen sie man, was wollen wir hier in der Kälte stehen, bei dem Sturm kriege ich nicht einmal meine Zigarette angezündet. Lassen sie uns unser Gespräch dort fortsetzen."

Beide stiegen in den Wagen und fuhren davon.
Morgens um 02:00 h kehrte Karl Jensen müde und erschöpft nach Hause zurück. „Wie schön, wenn wir jetzt in die Sonne geflogen wären", dachte er resigniert bei sich.

In der Küche brannte noch Licht. „Du hättest doch nicht auf mich warten brauchen". – „Na ja, ich dachte mir, bei diesem Wetter würde dir ein heißer Grog noch gut tun, vielleicht ist es auch das schlechte Gewissen wegen des verpatzten Urlaubs." – „Na, lass man, bevor ich diesen Mord nicht aufgeklärt habe, hätte ich sowieso keine Ruhe gehabt."
„Du", sagte Karl Jensen zu seiner Frau, während er genussvoll

den heißen Grog trank und dabei den Rauch der Zigarette tief in die Lunge zog, „du hättest den Gesichtsausdruck des Toten sehen sollen. Er lässt mich nicht mehr los. Keine Angst oder Wut waren zu erkennen, nur Überraschung, eine, ich möchte fast sagen, grenzenlose Überraschung“. – „Nun komm man zu Bett, morgen ist auch noch ein Tag! – „Ja, gleich“, antwortete Jensen und zog nachdenklich an seiner Zigarette.

Kapitel 4

Bereits um 06:30 h fuhr Karl Jensen an diesem Samstagmorgen in Richtung Wessehöft. Johannes Kalübbe hatte ihm zwar in der zurückliegenden Nacht das Haus des Getöteten gezeigt, doch weder Klingeln noch Klopfen zeigten irgendwelche Wirkung. Im ganzen Hause regte sich nichts, kein Lichtschein, keine vorsichtig zurückgezogene Gardine zeugte davon, dass sich irgendwer im Hause aufhielt.
„Komisch“, sagte Kalübbe, „seine Frau müsste eigentlich zu Hause sein. Das verstehe ich nicht.“
Fast eine dreiviertel Stunde rüttelten sie an jedem Fenster, pochten an jede Tür, keinerlei Reaktion.
Also hatte sich Kommissar Jensen entschlossen, vor dem verabredeten Treffen im Büro erneut nach Wessehöft zu fahren, um die Ehefrau des Opfers über den gewaltsamen Tod ihres Ehemannes zu informieren. Die Landstrasse war bereits geräumt, so dass er zügig sein Ziel erreichte. Die umliegenden Äcker und Wiesen erstrahlten im reinsten Weiß, unberührt lag die Landschaft da. Eine unendliche Weite, nur unterbrochen durch einzelne Knicks und verloren wirkende Gehöfte, aus deren Schornsteinen der Rauch der Öfen langsam in den Himmel stieg. „Eine Idylle“, dachte Jensen, “Wahrhaftig eine Idylle. Kaum zu glauben, dass in dieser friedvollen Stille so etwas Grausames wie ein Mord geschehen sein sollte.“ Er erreichte die Wiese, die ebenfalls jungfräulich vor ihm lag. Nur die Absperrung sowie der postierte Polizeiwagen zeugten von den schrecklichen Ereignissen der Nacht. Schmunzelnd beobachtete er die beiden Polizeibeamten, die missmutig und fröstelnd vor ihrem VW-Bus standen und das abgesicherte Areal bewachten. „Eigentlich müsste eine Standheizung serienmäßig für jedes Polizeiauto vorgesehen sein“, dachte Jensen für sich. Er lehnte sich wohlig in seinem beheizten Passat zurück und zündete sich behaglich eine Zigarette an.

Nach einigen Minuten entschloss sich Jensen , den wartenden Polizisten einen kurzen Besuch abzustatten. Er stieg aus dem Wagen, schnippte die Zigarette in den aufzischenden Schnee und stapfte in Richtung Wiese. Ein glutroter Sonnenball schob sich langsam am Horizont empor und jedes Schneekristall brach das gleißende Licht wiederum hundert- und tausendfach. Es war, als wenn Abermillionen von Diamanten den Boden bedeckten. Wieder überkam Jensen dieses Gefühl des Friedens und der Stille. Plötzlich jedoch verdunkelte eine einzelne schwarze Wolke den Himmel und die Sonne. Zwei riesig wirkende schwarze Kolkraben kreisten über der Wiese und ließen ihr klong-klong ertönen.
Plötzlich sah Jensen das Gesicht des Toten wieder vor sich, die Überraschung in den starr blickenden Augen. Die Realität hatte ihn wieder.
Inzwischen hatten die Polizisten sein Herannahen bemerkt und nahmen Haltung an. „Moin, Moin, irgendwelche besonderen Vorkommnisse?“ fragte Jensen. – „Nein, Herr Kommissar, einige Schaulustige, wahrscheinlich aus dem Dorf, sind heute morgen da gewesen und dann mit kalten Füssen wieder abgezogen.“
„Okay, ich hoffe, eure Ablösung ist bereits eingeteilt?“ – „Jawoll, Herr Kommissar, in einer knappen Stunde ist für uns Feierabend.“ – „Na, denn, noch ein schönes Wochenende“, sagte Jensen, warf noch einen flüchtigen Blick über die verschneite Wiese und drehte sich dann in Richtung Auto. Mitten in der Drehbewegung verharrte er, starrte nochmals auf die Wiese und rief aufgeregt: „Da hinten am Knick sind doch frische Fußspuren.“ Bei all dem Lärm heute Nacht kann hier doch kein Wild entlang gewechselt sein. Vorsichtig schritt er an der Wiesenkante entlang, bis er sich letzte Gewissheit verschafft hatte. Äußerst verärgert kehrte er zu den beiden Polizisten zurück. “Wie kommen diese Spuren dahin? Waren sie wirklich die ganze Zeit vor

Ort? Sagen sie mir die Wahrheit!" – „Na, ja, Schnoor hat sich kurz Zigaretten geholt und ich musste mal dringend in der Zeit, na, sie wissen schon!" – „Verdammt noch mal, die Ermittlungen haben noch nicht einmal richtig begonnen und schon die erste Panne. Der Erkennungsdienst muss sofort her, bereits für heute Nachmittag ist Tauwetter angesagt und dann sind die Spuren weg." Nervös fingerte er in seinem Mantel. „Auch das noch", dachte Jensen, „ich habe das Handy zu Hause vergessen". Um sich selbst keine Blöße zu geben, schrie er die beiden Streifenpolizisten an: "Nun benachrichtigen sie schon endlich die Spurensicherung oder muss ich alles allein machen? Sie bleiben beide solange hier, bis die da sind und wehe, hier muss noch einer ‚ut de Büx'! Ich fahre in der Zwischenzeit noch einmal zum Haus des Toten. Vielleicht ist die Ehefrau inzwischen aufgewacht."
Sprach's mit hochrotem Kopf und eilte zum Auto.

Dort angekommen bot sich ihm jedoch das gleiche Bild wie in der zurückliegenden Nacht. Auch jetzt führten keine frischen Fußspuren in das Haus hinein.

„Merkwürdig, entweder hat die Dame einen äußerst gesunden Schlaf oder sie ist gar nicht zu Hause." Karl Jensen marschierte nachdenklich zu seinem Fahrzeug zurück, startete den Wagen und blickte zufällig auf die Uhr.

„Auch das noch, gleich 09:00 h, heute Morgen geht aber auch alles schief." So schnell es die glatte Dorfstrasse zuließ, fuhr er in Richtung Kiel.

Kapitel 5

Mit hochrotem Kopf und völlig außer Atem erreichte Karl Jensen den Besprechungsraum seiner Abteilung, in dem Oberkommissarin Schäfer sowie Martin Blöcker nun bereits eine geschlagene halbe Stunde vergeblich auf ihn gewartet hatten.

Während er in die Tür trat und den Mantel ablegte, schauten ihn beide mit vorwurfsvollen Augen an und Frau Schäfer giftete mit zornbebender Stimme: „Wie schön, unser Herr Jensen kommt doch noch, ich befürchtete schon, ich hätte sie gestern Abend am Telefon völlig falsch verstanden und sie wären statt vier Wochen später bereits früher in den Urlaub geflogen. Insbesondere deswegen, da wir sie nicht einmal per Handy erreichen konnten.“ Dabei wogte ihr üppiger Busen vor Aufregung und Verärgerung besorgniserregend auf und ab.
„Das habe ich leider heute morgen zu Hause vergessen“, stotterte Jensen verlegen. „Ich bin heute morgen nochmals am Tatort gewesen, um mir bei Tageslicht einen besseren Eindruck über die örtlichen Gegebenheiten verschaffen zu können. Durch die dort aufgetretenen Umstände habe ich völlig die Zeit aus den Augen verloren. Tut mir leid!“
“Ist schon gut“, antwortete Oberkommissarin Schäfer schon ein wenig besänftigter, „doch bevor wir noch mehr Zeit vertrödeln, lassen sie uns endlich mit den Fakten beginnen. Fassen sie bitte die bisherigen Ermittlungsergebnisse zusammen, Kommissar Jensen!“

“Bei dem Toten handelt es sich um Stefan Meierling, 46 Jahre alt, verheiratet, eine Tochter, die jedoch nach Aussage des Nachbarn Johannes Kalübbe bereits außer Haus wohnt und studiert. Herr Meierling war wohnhaft in Wessehöft, einem kleinem Bauerndorf, etwas 25 km von Kiel entfernt und zwar in der Dorfstrasse Nr. 2. Eben erwähnter Nachbar fand ihn etwa 35 Meter von einem Hochstand entfernt gegen 21:00 h auf einer

Wiese. Er alarmierte daraufhin sofort die Polizei. Stefan Meierling war Jäger.“ “Weiterhin“, setzte Karl Jensen seinen Vortrag fort, „liegt uns ein vorläufiger Autopsiebericht vor. Ohne jetzt auf alle Details einzugehen, wurde Meierling ungefähr um 20:30 h erschossen. Das Geschoss, das aus einer großkalibrigen Kurzwaffe stammen muss, wahrscheinlich 38 spezial oder 357 Magnum, drang durch den Brustraum ins Herz und tötete ihn sofort.“

“Wie hat seine Ehefrau darauf reagiert?“ fragte Oberkommissarin Schäfer dazwischen. – „Leider noch gar nicht“, antwortete Jensen. „Wir haben in der Nacht alles Mögliche versucht, Frau Meierling öffnete jedoch nicht. Auch heute früh schien das Haus verlassen. Ich schlage vor, einen Posten diskret am Haus zu platzieren, der uns über ihre Ankunft informiert. Zudem sollten wir Frau Meierling über die üblichen Radiosender bitten, sich mit uns in Verbindung zu setzen.“ – “Einverstanden, Herr Jensen, bitte veranlassen sie gleich alles Notwendige. Und welche Ergebnisse hat die Spurensicherung aufzuweisen, Herr Kommissar Blöcker?“

“Leider haben wir das Projektil nicht finden können, Frau Schäfer. Glücklicherweise soll heute Nachmittag Tauwetter einsetzen, dann werden wir die gesamte Ecke nochmals systematisch durchkämmen. Fußspuren sind leider auch Mangelware, da der Boden vor dem Schneefall bereits gefroren war. Mit einer Ausnahme und das ist vielleicht interessant. Die Zufahrt zur Wiese wurde kurze Zeit vorher, also am späten Nachmittag, von einem Traktor durchfahren, der den feuchten Matsch nach oben gedrückt hat, deshalb war diese Stelle nicht gefroren. Dort haben wir neben den Stiefelabdrücken von Meierling auch eine weitere Fußspur gefunden. Etwa Größe 44 oder 45, also mit an Sicherheit grenzender Wahrscheinlichkeit ein Männerfuß.“

“Vielleicht die des Mörders,“ konstatierte Frau Schäfer, „gibt es noch weitere Hinweise?“ – „Ja, direkt unter dem Hoch-

stand fanden wir ein vergoldetes Feuerzeug mit den Initialen S.M., es könnte also das von Meierling gewesen sein. Die vorgefundenen Fingerabdrücke sind jedoch noch nicht abgeglichen worden."
"Das stellt bis jetzt ja eine recht magere Ausbeute dar", resümierte Oberkommissarin Schäfer. – „Und jetzt kommt der Grund für meine Verspätung", grinste Jensen die beiden ein wenig schadenfroh an, „Ich kann nämlich mit weiteren Fußspuren aufwarten." Dann berichtete er ausführlich über die morgendlichen Geschehnisse an der Wiese. "Ist ja ungeheuerlich", brauste die Abteilungsleiterin auf, und ihr Busen wogte wieder bedrohlich auf und ab. „Den beiden werde ich ein Disziplinarverfahren anhängen, das sich gewaschen hat!"

„Lassen sie noch mal Gnade vor Recht ergehen, Chefin", sagte Jensen beschwichtigend, „ich habe die beiden verdonnert zu warten, bis die Spurensicherung ihre Arbeit getan hat. Die durften sich also bei der Kälte die Füße in den Bauch stehen und das nicht zu knapp." – "Sie sind viel zu gutmütig", Jensen, knurrte Frau Schäfer, obwohl sie selbst die Herzlichkeit in Person verkörperte. „Und was ist nun mit den Spuren? Bringen die uns irgendwie weiter?" – "Ich weiß noch nicht, vielleicht nur ein äußerst neugieriger Nachbar aus dem Dorf. Vielleicht auch mehr. Wir müssen den Vergleich mit dem Stiefelabdruck von der Wieseneinfahrt abwarten."
„Gut meine Herren, da Kommissar Jensen seinen Urlaub ja noch einmal in weiser Voraussicht um vier Wochen verschoben hat, übertrage ich Ihnen beiden die Aufklärung dieses Mordfalles. Bis jetzt ist keinerlei Motiv erkennbar, deshalb sollten sie auch das private Umfeld von Stefan Meierling genau unter die Lupe nehmen. Wer profitiert von seinem Tod, eben das Übliche."
"Dazu müssen wir erst einmal Frau Meierling ausfindig machen oder zumindest die Tochter," warf Blöcker ein. – „Genau", erwiderte Oberkommissarin Schäfer, „und natürlich die ganze

Nachbarschaft. Sie kommen doch selbst vom Dorf, Herr Jensen, das ist doch Ihre große Stärke!" schlug Frau Schäfer augenzwinkernd vor. „Wessehöft ist ein reines Bauerndorf, die Gehöfte sind mit Ausnahme des so genannten Dorfkerns, der aus ganzen fünf Anwesen besteht, überall in der Feldmark verteilt. Und die Bauern sind ein merkwürdiges Völkchen. Sie können untereinander noch so zerstritten sein, ja verfeindet sein, sobald ein Auswärtiger versucht, dort einzudringen, halten sie zusammen wie Pech und Schwefel. Ich bin selbst Bauernsohn, ich weiß, wovon ich rede."

"Na denn fröhliches Ermitteln, meine Herren," schloss Frau Schäfer die kleine Runde, „ich wünsche Ihnen viel Erfolg. Ich schlage vor, am Dienstag um 09:00 h wieder zusammen zu treffen, es sei denn, es ergeben sich gravierende Erkenntnisse. Also, ein schönes Wochenende weiterhin. Und denken sie daran, Jensen, 09:00 h!" - Schon wollte Karl Jensen verärgert aufbrausen, doch schnell entdeckte er den Anflug eines Lächelns im Gesicht seiner Chefin.

"Also, dann wollen wir mal, unsere Frau Oberkommissarin zum Sonntagsbraten entlassen", lächelte Karl Jensen und stieß seinem Kollegen dabei sanft in die Rippen. „Komm man noch mal mit in mein Büro, damit wir uns über unsere Menufolge an diesem Sonntag verständigen können."

Beide verließen sie grinsend den Besprechungsraum, während Oberkommissarin Schäfer leicht verdutzt zurückblieb. „Wir sind schon eine ulkige Truppe.", dachte sie bei sich, als sie die noch recht dünne Ermittlungsakte zuklappte, „Und die Truppe mit der höchsten Aufklärungsquote", fügte sie noch leise für sich hinzu.

Kapitel 6

Kommissar Jensen saß weit zurückgelehnt in seinem Bürostuhl und rührte gedankenverloren die drei Stücke Würfelzukker in seinem Kaffee unter. Martin Blöcker blickte ihn kopfschüttelnd an. „Das du gegen dieses klebrige Zuckerwasser an kannst, ist für mich immer wieder ein Wunder.“ – „Das liegt nur an diesem furchtbaren Automatenkaffee. Schmeckt nach Plastik und dabei noch gallenbitter. Den kann man nur mit viel Zucker und einer Zigarette verkraften.“ – „Warum trinkst du ihn dann? Wenn du möchtest, schenke ich dir einen Becher mit meinem Kräutertee ein.“ – “Um Gottes Willen!“ Jensen riss abwehrend beide Hände nach oben. „Soviel Gesundheit auf einmal verträgt mein Körper gar nicht, der würde glatt verrückt spielen. Lass uns lieber das weitere Vorgehen abstimmen.“ Martin Blöcker lachte laut auf. „In Ordnung, was schlägst du vor?“

“Lass uns beide erst mal nach Wessehöft fahren und mit den Vernehmungen beginnen. Ich habe zwar mit dem Finder der Leiche, diesem Herrn Kalübbe, bereits gesprochen, jedoch auf Grund der fortgeschrittenen Zeit nur sehr oberflächlich. Da sollten wir nochmals ansetzen. In der Zwischenzeit schaust du zum Tatort, ob es dort etwas Neues gibt. Danach klapperst du die umliegenden Gehöfte ab. Vielleicht hat ja einer etwas gesehen oder gehört.“ – “Und was ist mit Mittag?“ – „Hast du schon mal gehört, dass einer auf einem Bauernhof verhungert ist? Die füttern dich schon mit durch. Glaub‘ mir, ich bin da Experte“, griente Jensen und strich beinahe zärtlich über seinen vorstehenden Bauch. „Nu man los!“

“Ja, ja,“ stöhnte Martin Blöcker, „ein Mann, mit so viel Reserven wie du, hat leicht reden.“

Während der Autofahrt nach Wessehöft hingen beide ihren Gedanken nach. Während Blöcker sich auf die winterlichen

Straßenverhältnisse konzentrierte, blätterte Karl Jensen nochmals den vorläufigen Autopsiebericht durch.
Unvermittelt blickte er auf, „Du Martin, ich frage mich in letzter Zeit öfter, warum ich nur Polizist geworden bin." Überrascht sah Martin Blöcker seinen langjährigen Kollegen an. „Was ist denn mit dir los, Karl?" – „Ist doch wahr, wir haben so gut wie kein Privatleben mehr. Selbst am Wochenende, wenn andere gemütlich mir ihrer Familie am Frühstückstisch sitzen, ermitteln wir, jagen Mörder und Diebe. Und das für einen Hungerlohn. Und dann die Toten, erstochen, erwürgt, erschossen, mit ihren starren Augen, mit ihren furchtbar starren Augen, die mich bis in meine Träume verfolgen. Warum tun wir uns das nur an, Martin?"
Sie erreichten das Ortsschild von Wessehöft.. „Lass mich hier bitte aussteigen", sagte Karl Jensen, „den Rest des Weges gehe ich zu Fuß. Ich brauche ein wenig frische Luft." Martin Blöcker ließ den Wagen langsam ausrollen und blickte nachdenklich seinem Freund und Kollegen hinterher, der langsam und mit hängendem Kopf durch den Schneematsch stapfte.
Karl Jensen jedoch ärgerte sich über sich selbst. Was war nur in ihn gefahren, dass er seine tiefsten Empfindungen, die er bis jetzt nicht einmal seiner Frau anvertraut hatte, so offen eingestand. Sicher, Martin Blöcker war sein Freund und Partner, aber doch ein Fremder. Er steckte sich eine Zigarette an, zog tief den Rauch in die Lunge. Ja, die Frage nach dem „warum" beschäftigte ihn Tag für Tag stärker. Plötzlich kam ihm sein bisheriges Leben sinnlos vor. Eintönig und verschwendet. Er ging auf die fünfzig zu, Was konnte ihm das Leben noch bieten und was hätte er doch alles erreichen können? Was für Ziele hatte er sich vor dreißig Jahren gesteckt und was war davon übrig? Heftig blies er den Zigarettenrauch aus der Nase, als wenn dadurch auch der Kopf wieder an Klarheit und Durchsicht gewinnen würde. Er spürte wie der Schneematsch Schu-

he und Strümpfe durchdrang und durchnässte.
Ärgerlich schnippte er die Zigarette in den Schnee, dass es zischte und strebte dann zielstrebig und eilig dem Hof von Kalübbe zu. Doch die Frage nach dem „warum“ blieb.

Kapitel 7

Johannes Kalübbe stand bereits in der breiten Dielentür, die er mit seinem massigen Körper fast vollständig ausfüllte. Allen Anschein nach hatte er den Anmarsch des außergewöhnlichen Besuches bereits erwartet und verfolgt.

“Moin, moin, Herr Kommissar, was für ein Schietwetter heute!“ rief er hämisch grinsend über den aufgeweichten Hofplatz hinweg und blickte auf die aufgeweichten und vollständig verschlammten Halbschuhe seines Gegenübers.

„Kommen sie man erst mal rein und wärmen sich ein bisschen auf, ein Paar Hausschuhe werden sich für sie bestimmt auch noch auftreiben lassen.“

Kalübbe stapfte vor ihm durch die geräumige, durch eine kleine Lampe nur spärlich erleuchtete Diele, die angefüllt war mit streng riechender Grassilage zur Fütterung der Rinder. Die nächste Tür führte in die große Küche, in deren Ecke ein voluminöser Kachelofen eine wohlige Wärme verbreitete. Darüber hing in einem verschnörkelten Rahmen der Spruch „binnen is beter als buten“, den Jensen in diesem Moment nur bestätigen konnte.

Beide nahmen am ausladenden Küchentisch Platz, an dessen blanker Eichenplatte sich sicherlich schon so manche Generation versammelt haben mochte.

Alles strahlte eine wohlige, anheimelnde Atmosphäre aus, doch eine gespannte Erwartung erfüllte den Raum, die Jensen nicht entging. Er blickte in das rosige, runde Gesicht des Bauern und in die vor Erregung, oder war es Furcht, weit aufgerissenen Augen.

Bevor Jensen überhaupt die erste Frage stellen konnte, siegte die Neugierde des sonst eher schweigsamen Bauern.
„Ist es nicht furchtbar“, Herr Kommissar, „eine solche Tragödie in unserem kleinen Dorf? Und dann trifft es noch einen so

angesehenen und geschätzten Mitbewohner wie den Meierling. Ich bin tief erschüttert, mein alter Freund und Jagdkamerad und so ein Ende. Das alles kann doch nur eine Verkettung unglücklicher Umstände gewesen sein."

Geradezu verzweifelt vergrub er das Gesicht in seinen großen, derben Händen und schluchzte in sich hinein. Eine tiefe Stille erfüllte den Raum, nur unterbrochen von dem leisen Knacken der brennenden Holzscheite.

„Es tut mir leid", begann Kommissar Jensen erneut das Gespräch, „dass Ihnen der Tod von Herrn Meierling so nahe geht."

„Es war grauenhaft, ihn dort liegen zu sehen, gefällt wie eine Eiche. Dabei schien der Mond auf seinen leblosen Körper. Und dann die Augen, diese entsetzlich starrenden Augen. Ich werde diesen Anblick meinen Lebtag nicht vergessen."

Überrascht blickte Jensen auf. "Seltsam, dass sie das so sagen!"

„Wieso ist das seltsam?" fragte Johannes Kalübbe und in die fast weinerliche Tonlage mischte sich eine unüberhörbare Schärfe.

„Schon gut," wiegelte Jensen ab und blickte sein Gegenüber ein wenig irritiert an. Und wieder schien es ihm, als wenn sich für einen kurzen Moment, den Bruchteil einer Sekunde, Angst in den Augen des behäbigen Mannes widerspiegelte. „Was hatten sie eigentlich mitten in der Nacht auf diesem Feld zu suchen, Herr Kalübbe?"

Scheinbar hatte dieser die Frage bereits erwartet, denn augenblicklich gewann seine Stimme die ursprüngliche Tonlage und Sicherheit zurück.

„Tja, Herr Kommissar, Meierling und ich haben, hatten muss ich jetzt wohl sagen, die Jagd in unserem Dorf gepachtet. Wenn Stefan nachts ein Stück Schwarzwild erlegen konnte, rief er mich meist über Handy an, damit ich ihm bei der Bergung helfen konnte. Nachdem der Schuss fiel, der bei der Dunkelheit ja nur einem Wildschwein oder einem Fuchs gegolten haben konnte, wartete ich natürlich auf diesen obligatorischen Anruf, doch nichts geschah. Da er jedoch nicht nach Hause zurückgekehrt war, das hätte ich von unserem Wohnzimmer aus gesehen, machte ich mir natürlich Sorgen. Ich vermutete, dass er vielleicht ein Stück Schwarzwild angeschossen hatte und nun bei der weiteren Verfolgung Hilfe bräuchte. Deswegen fuhr ich zum Hochsitz und fand ihn."

Wieder sank Kalübbe in sich zusammen und seufzte inbrünstig.

„Das klingt plausibel," antwortete Jensen, fragte sich dabei aber selbst, wann Kalübbe wohl das letzte Mal einen derartig langen Vortrag gehalten haben mochte. Erlebt oder einstudiert, das wäre noch zu klären.

"Trug Herr Meierling denn stets sein Handy bei sich?"

„Also auf der Jagd auf jeden Fall," antwortete Kalübbe ohne zu zögern.

„Dann hätte er aber doch auch eine andere Person anrufen können, wenn etwas Außergewöhnliches geschehen wäre, z.B. einen anderen Jäger oder seine Frau?"

Kalübbe schien kurz zu überlegen. „Nee, nee, seine Frau hat mit der Jagd gar nichts am Hut. Einen weiteren Jäger, den haben wir zwar, aber dass er den anruft? Nein ich bin absolut sicher, zumal wir bislang alle Jagdangelegenheiten gemeinsam durchgestanden haben."

"Ihr Verhältnis zu Herrn Meierling war also durchaus freundschaftlicher Natur?"

„Herr Kommissar, wie können sie noch fragen! Er war mein Jagdfreund. Ein Kumpel durch und durch. Großherzig, uneigennützig und hilfsbereit wie kaum ein anderer."

„Gab es vielleicht andere Personen hier im Dorf, die Herrn Meierling nicht in einem so positiven Licht sahen?"

Bevor der Bauer antworten konnte, stürzte seine Frau in

die Küche, bedachte den Kommissar mit einem unverständlich gemurmelten Gruß und wandte sich sofort wieder ihrem Mann zu. „Man schnell, eine von den Starken kalbt, die Geburt geht jedoch nur langsam voran!“

Kalübbe erhob sich von seinem Stuhl. „Kommen sie mal mit, im Stall können wir weiter sprechen.“ Leicht verärgert aufgrund dieser plötzlichen Gesprächsunterbrechung, marschierte Karl Jensen hinter Kalübbe her. Im Stall empfing ihn eine dumpfe, nach Rindern und Dung riechende Luft, die von dem Rasseln der Ketten sowie lauten Fress- und Verdauungsgeräuschen erfüllt war. Kalübbe begann gerade den Geburtshelfer anzusetzen, während die junge Kuh vor Angst und Schmerz laut brüllte. In dieser fast bizarr wirkenden Szenerie ertönte dann urplötzlich die Neunte von Beethoven. Das Bauernehepaar schaute überrascht auf und auch das kalbende Tier vergaß für einen Moment die Torturen der Geburt und lauschte den ungewohnten Klängen.

Ein wenig irritiert zog Jensen sein Handy aus der Jackentasche. „Jensen! Ach was, Na endlich, Vielen Dank! Ich kümmere mich gleich darum.“
“Tut mir Leid, Herr Kalübbe, ich habe leider keine Zeit mehr. Ich werde sie jedoch bald wieder aufsuchen. Tschüss denn.“ Und schon war er aus dem Stall verschwunden.

Kapitel 8

Eilig stapfte Karl Jensen über den aufgeweichten Hof. So schön das ländliche Idyll aus der Ferne auch wirken mochte, es wies auch entschiedene Nachteile auf. Ein kalter Ostwind frischte mehr und mehr auf und bereitete beträchtliche Schwierigkeiten beim Anzünden der Zigarette.

Tief in Gedanken versunken erreichte er wieder die Dorfstrasse und strebte eilig dem nahegelegenen Haus von Familie Meierling zu. Denn der diskret postierte Polizeibeamte hatte deutliche Lebenszeichen im Haus bemerkt. Fenster öffneten und schlossen sich, Lampen erhellten den einen oder anderen Raum, um plötzlich wieder zu erlöschen. Es musste also endlich jemand im Hause sein.

Kommissar Jensen klingelte energisch an der Haustür. Einen Moment später stand er einer etwa vierzigjährigen Frau gegenüber, die ihn aus tiefumrandeten, eingefallenen Augen skeptisch anblickte. „Frau Meierling?“ – „Ja, bitte?“ – „Mein Name ist Kommissar Jensen von der Kieler Kriminalpolizei. Darf ich sie einen Moment sprechen?“

“Seien sie mir nicht böse, aber zuallererst würde ich gerne einen Blick auf Ihren Dienstausweis werfen.“

Kommissar Jensen kramte umständlich in den Tiefen seiner Manteltaschen, um endlich das Geforderte zu Tage zu fördern. Nach einem eingehenden Abgleich gab Frau Meierling den Ausweis schmunzelnd zurück. „Ich bitte mein Misstrauen zu entschuldigen, Herr Kommissar! Ich habe bisher kaum Erfahrungen mit der Polizei gehabt, vor allem nicht, wenn sie derartig nach Kuhstall riecht.“

„Darf ich nun endlich reinkommen, Frau Meierling,“ entgegnete Martin Jensen verärgert und drängte sich bereits durch die Tür. „Ich muss Ihnen eine traurige Mitteilung machen.“

Frau Meierling unterbrach ihn mit einem leisen Aufschrei. „Oh, Gott, ist meiner Tochter etwas geschehen?“

„Nein, Frau Meierling, nicht Ihrer Tochter. Ihrem Ehemann ist jedoch ein Unglück zugestoßen, wir haben ihn heute Nacht tot aufgefunden.“

„Meinen Mann tot aufgefunden?“ Frau Meierling schwankte in die Küche, um sich schwer auf einen der Stühle fallen zu lassen.

„Was ist passiert?“ flüsterte sie kaum hörbar.

„Ihr Mann ist auf der Wiese kurz vor dem Dorf erschossen worden! Es tut mir wirklich leid.“

„Erschossen? Mein Gott, wie furchtbar.“

Kommissar Jensen schien es, als wenn sie mehr zu sich selbst sprach als zu ihm. Voller Wärme und Anteilnahme blickte er auf dieses so zart und zerbrechlich wirkende Wesen, dem er eine so furchtbare Nachricht hatte mitteilen müssen.

„Wann ist es denn genau passiert, Herr Kommissar?“ – „Gestern Abend. Wir haben die ganze Nacht versucht, sie zu erreichen, jedoch vergebens. Waren sie nicht zu Hause?“

Frau Meierling warf den Kopf in den Nacken, ihr ganzer Körper straffte sich. „Natürlich war ich hier, nahm jedoch eine Schlaftablette, da ich bereits die vorherigen Nächte nicht zur Ruhe kam. Ich habe wie eine Tote geschlafen.“

Kommissar Jensen sah in die lebhaften, Intelligenz ausstrahlenden Augen und betrachtete nachdenklich das scharfkantige Kinn, das plötzlich so enorm viel Willenskraft ausstrahlte. – „Haben sie sich denn nicht über das Fernbleiben Ihres Mannes gewundert?“ – „Mein Mann ist selbständiger Architekt und gleichzeitig Jäger,“ entgegnete Frau Meierling kühl „da bleibt er häufiger überraschend einfach einmal weg.. Deswegen sorgte ich mich heute Vormittag auch in keinster Weise.“

„Hatte Ihr Mann Feinde hier im Dorf oder im beruflichen Umfeld?“ – „Nicht das ich wüsste. Natürlich trügt der Schein einer dörflichen Idylle von Zeit zu Zeit. Auch als Architekt gibt es hin und wieder Reibereien mit Handwerkern oder den Bauherren in Bezug auf Ausführungsmängel oder Rechnungslegungen. Aber ihn deswegen gleich erschießen? Nein, dazu fällt mir derzeit spontan kein Name ein."

„Hören sie eigentlich kein Radio, Frau Meierling?" – „Wieso fragen sie?" lautete die vorsichtige Gegenfrage. – „Weil wir sie seit den frühen Morgenstunden auch über das Radio gebeten haben, sich mit uns in Verbindung zu setzen." – „Aber sicherlich nicht im Klassiksender," antwortete Frau Meierling lächelnd, wobei Ihr Charme für einen kleinen Moment offensichtlich wurde. – „Zudem schlief ich heute sehr lange. Sie wissen ja, die Schlaftablette. Ich habe bisher noch kein Radio gehört."

"Frau Meierling, wieso dachten sie im ersten Moment, Ihrer Tochter wäre etwas zugestoßen?" Augenblicklich verschwand der freundliche Zug in ihrem Gesicht. Der ganze Körper schien zu erstarren und eisig antwortete die Gefragte: "Ich weiß nicht. Lassen sie mich jetzt bitte allein. Ich beginne erst langsam zu begreifen, dass mein lieber Mann gestorben ist, ermordet wurde. Das muss ich erst allein verarbeiten. Entschuldigen sie mich, Herr Kommissar."

Sie wandte sich abrupt um und verließ das Zimmer. Zurück blieb Karl Jensen mit einem ernsten, nachdenklichen Ausdruck im Gesicht.

Martin Blöcker sah sich indessen etwas verloren in der weitläufigen Feldmark mit den vereinzelten, wie durch Zufall hineingewürfelten Bauernhäusern um. „Bald etwas zuviel Landschaft," dachte er im Stillen und schaute auf die nackten Felder, die ab und zu von einigen kahlen Knicks unterbrochen wurden. Dazu setzte wieder ein eisiger Nord-Ostwind ein, der feine Regentropfen vor sich her trieb, die wie kleine Geschosse Gesicht und Hände schmerzhaft trafen.

Leise in sich hineinfluchend setzte er sich wieder ins Auto und fuhr langsam die Dorfstraße hinunter. Da fiel sein Blick durch

die monotonen Auf- und Abwärtsbewegungen der Scheibenwischer auf den kleinen Dorfkrug „Zur Eiche“. Die beiden wuchtigen, knorrigen Linden links und rechts vor dem Gebäude straften diesen Namen Lügen. Hinter den kleinen Butzenscheiben schimmerte gedämpftes Licht, das auf Martin Blöcker anheimelnd und anziehend wirkte. - Warum nicht dort mit den Befragungen beginnen? Dort bekomme ich zumindest einen heißen Tee und vielleicht auch einen Happen zu essen. -
Umständlich zwängte sich Martin Blöcker aus dem Auto, da der stetig mehr anschwellende Sturm die Tür wie mit eiserner Faust immer wieder zudrückte. Gebückt rannte er zu der hübsch verzierten schweren Eichentür und hörte schon vom Flur aus die erregten Debatten aus der Gaststube. Er öffnete die mit allerlei Bauernmalerei fast überladen wirkende Tür, wobei ihm heiße, nebelartige Schwaden entgegen schlugen, verursacht durch zahlreiche Zigaretten und Zigarren sowie dampfenden Grog. Mit seinem Eintritt verstummte das laute Gerede abrupt und fünf Augenpaare, das eine oder andere schon ein wenig glasig, blickten ihm aus geröteten Gesichtern erwartungsvoll und gleichzeitig misstrauisch an. „Guten Tag, meine Herren, mein Name ist Blöcker, Kommissar Blöcker von der Kieler Kriminalpolizei. Wie ich bereits im Flur laut und deutlich vernehmen konnte, wissen sie ja bereits, um was es geht.“
Bevor er jedoch die erste Frage in die fortgeschrittene Grogrunde werfen konnte, ertönte eine bereits leicht lallende Stimme von der anderen Seite des Stammtisches. „Blöcker? Sind sie vielleicht verwandt mit Ella Sötje, die ist eine geborene Blökker?“ – „Sei doch ruhig, Hermann!“ fiel ihm der Sitznachbar ins Wort, „der Herr Kommissar interessiert sich nicht für Deine Familiengeschichten. Setzen sie sich mal hierher, Herr Kommissar. Wollen sie auch einen Grog?“
„Nein, nein!“ wehrte dieser entschieden ab, „ich trinke keinen Alkohol, zumindest nicht zu dieser Tageszeit, außerdem bin ich

im Dienst. Einen Kamillentee oder Kräutertee würde ich jedoch sehr gern nehmen."
Der Wirt kratzte sich ein wenig hilflos am Kopf. „na ja, schwarzen Tee hätte ich noch da." Resigniert nickte Blöcker mit dem Kopf. „ja, ja, Hauptsache heiß!"
"So, meine Herren," Kommissar Blöcker setzte eine amtliche Miene auf, „jetzt aber in medias res! Ich nehme an, sie alle kannten Stefan Meierling?" Ein zustimmendes Schweigen folgte. Er spürte förmlich, wie dieses Schweigen sich in den Raum legte, sich die Gesichter und Mienen der Anwesenden verschlossen. Dann dröhnte wie ein Peitschenknall die Stimme des Familiensachverständigen laut und vorbehaltlos durch den Raum. „Hat es also endlich einmal den Richtigen erwischt!" – „Halt endlich dein Maul, Hermann! Hören sie nicht auf ihn, Herr Kommissar. Das ist der Grog. Er weiß nicht, was er redet."
"Das glaube ich aber sehr wohl", konterte Blöcker, „wieso sind sie der Meinung, es hätte den Richtigen erwischt? Herr Meierling zählte wohl nicht zu den beliebtesten im Dorf?"
Bevor Hermann Luft holen konnte, mischte sich wieder sein Nachbar ein. „Nee, nee, Herr Kommissar, der Meierling war schon ganz in Ordnung. Worüber kann man sich in so einem kleinen Dorf schon streiten? Er war allgemein anerkannt und beliebt. Es tut uns Leid, dass wir Ihnen rein gar nicht weiterhelfen können. Wir haben alle nichts gesehen und gehört. Es ist nun auch Mittagzeit und unsere Frauen warten zu Hause. Wir hoffen aber alle, dass sie dieses grausige Verbrechen bald aufgeklärt haben."
Beinahe fluchtartig sprangen alle vom Tisch auf, die Tür klapperte und selbst Hermann wankte, wenn auch ein wenig unsicher hinterher. Nur der Wirt blieb, wenn auch sichtlich ungern, in der Gaststube zurück.
„Na, das war ja eine kurze Befragung," resümierte Martin Blökker mehr zu sich selbst und schlürfte dabei mit spitzen Lippen

den heißen Tee. Dabei knurrte deutlich vernehmbar sein Magen.
“Oh, Herr Kommissar, haben sie vielleicht Hunger? Ich hätte eine hervorragende Gulaschsuppe anzubieten.“ Martin Blökker nickte und erkennbar froh, zumindest einen Augenblick etwaigen unangenehmen Fragen entkommen zu sein, verließ der Wirt den Raum.
Der Kommissar wandte sich indessen genießerisch wieder seinem heißen Tee zu und träufelte gedankenvoll drei Tropfen Zitrone in die dampfende Flüssigkeit.
In diesem Moment flog wie durch einen rauen Tritt die Tür der Gaststube auf und ausgerechnet Hermann stapfte, durch die kalte Luft und die äußere Feuchtigkeit ein wenig ausgenüchtert, durch die Tür. Etwas verlegen drehte er seine Fellmütze in der Hand, wobei er vor Kälte leicht zitterte. „Entschuldigung, dass ich nochmals störe, aber ich habe meine Jacke vergessen und ohne hole ich mir auf dem Heimweg die Schwindsucht.“
In Martin Blöckers Augen trat ein gefährliches, vielsagendes Glitzern. „Na, das ist denn doch eine freudige Überraschung. Wir wollen uns mal in den Nebenraum zurückziehen und in Ruhe reden.“
In dem Moment kehrte der Wirt mit der dampfenden aromatisch duftenden Suppe zurück und zuckte erschreckt zusammen. „Mensch, Hermann, was machst Du noch hier?“ – „Ik hef min Jack vergeten!“ – „Ja, ja schon gut!“ unterbrach Blöcker die beginnende Unterhaltung, „bringen sie meinem neuen Freund auch einen Teller Suppe. Ich lade ihn zum Essen ein und, ach ja, noch einen großen Grog und für mich noch einen Tee.“ Dabei schob er den sich leicht widerstrebenden Hermann mit konsequentem Druck in den Nebenraum.
„Und bitte, Herr Wirt, wir wollen nicht mehr gestört werden.“
Nach zweieinhalb Stunden verließ Martin Blöcker den Raum und die Gaststätte. Er wirkte zufrieden.

Kapitel 9

An diesem Sonntagabend wanderte Frau Meierling unablässig und unruhig in der als Wohnzimmer umgebauten Diele auf und ab. Einige Kerzen erhellten den großen Raum und im Hintergrund erklang ein Requiem von Brahms.

Immer wieder blickte sie auf die vielen Rot- und Damhirschgeweihe, die an den ansonsten schmucklosen Wänden hingen und gespenstische Schatten in den dämmrigen Raum warfen.

Alles Tiere, die ihr Mann im Laufe der Jahre erlegt hatte und nun hatte ihn dasselbe Schicksal ereilt. Plötzlich und zwanghaft sah sie ihn vor ihrem inneren Auge ebenfalls als ausgestopfte Trophäe neben seinen übrigen Beutestücken hängen. Diese Vorstellung amüsierte sie ein wenig und auf ihrem Gesicht zeigte sich ein leichtes Schmunzeln. Mit einem leichten Grausen und einem aufkeimenden schlechten Gewissen, wischte sie jedoch diese Assoziationen schnell wieder aus ihren Gedanken.

Nachdenklich nippte sie an ihrem Whisky und ließ sich dann mit einem Seufzer der Erleichterung in einen schweren Ledersessel fallen. Stefan war tot, ermordet.

Nie wieder würde er sie verletzen können, nie wieder demütigen. Endlich endete das Versteckspiel vor den Nachbarn, von wegen glückliche Ehe, endlich würde sie mehr Zeit für sich selbst erübrigen können. Zeit, von der sie nicht wusste, wie viel ihr noch blieb. Endlich allein, ohne diese Kreatur von Mensch. Allein.

Allein mit sich. Immer heftiger wirbelte dieses Wort in ihrem Kopf. Wurde ihr die grausame Bedeutung bewusst. Verzweifelt sah sie sich in dem großen Raum um. Sie sprang auf und stürzte zum Fenster. Draußen heulte der Sturm, spielte und klapperte mit den Fensterläden. Der Regen trommelte unbarmherzig an die gläsernen Scheiben. Angst bemächtigte sich ihrer. Angst vor der Nacht. Angst vor dem Jetzt, Angst vor der Zukunft.

Doch dann fiel ihr plötzlich ihre Tochter ein. Janine, die schöne Janine mit ihren bezaubernden blauen Augen, die so hübsch, so wissend blicken konnten.

Doch warum ging sie nicht ans Telefon? Sowohl über Handy als auch über den Hausanschluss leierte nur die Mail-Box und der Anrufbeantworter den gleich stereotypen Spruch. Plötzlich schrillte das Telefon. Regine Meierling stürzte zum Hörer. „Janine, endlich!“ “Nein, nein“, tönte es am anderen Ende, „ich bins doch, Frieda Kalübbe, es tut uns ja so leid, Regine. Kurz vor Eurem 25. Hochzeitstag. Wenn wir irgend etwas für dich tun können! Hast Du schon etwas Neues erfahren von der Polizei?“
Regine Meierling unterbrach diesen Wortschwall abrupt, indem sie einfach den Hörer auf die Gabel legte. „Neugierige Kuh“, sagte sie erbost. Ein Autoscheinwerfer erleuchtete die Hofeinfahrt und näherte sich beständig dem Haus. Argwöhnisch blickte sie auf den erleuchteten Hof. Sie stieß einen kleinen Schrei aus, eilte zur Haustür und riss diese weit auf. „Janine, endlich!“ Mutter und Tochter fielen sich schluchzend in die Arme.

Karl Jensen kehrte durchgefroren und aufgeweicht nach Hause zurück. Missmutig und mit sich selbst im Unreinen schloss er die Haustür auf und warf seinen durchnässten Trenchcoat achtlos in die Ecke. Seine Frau trat mit vorwurfsvollem Blick aus der Wohnzimmertür. “Schön, dass Du auch noch mal kommst, in einer knappen Stunde fängt das Konzert im Kieler Schloss an und, mein Gott, Du riechst ja schon wie ein kompletter Rindviehstall. Am besten Du ziehst Dich gleich im Flur aus, bevor Du die ganze Wohnung verstänkerst. Und dann ab in die Badewanne, und bitte schnell.“

Karl Jensen schoss vor Wut das Blut ins Gesicht. Unvermittelt drehte er sich auf dem Absatz. „Ich geh noch einmal spazieren und .... vergiss das Konzert. Geräuschvoll schloss er die Haustür, eilte auf die Straße und in die Dunkelheit, während seine Frau ihm verduzt nachblickte. Kälte und Feuchtigkeit schlugen ihm entgegen, kühlten Gesicht und Verstand.

- Mein Gott, Susanne hatte sich schon so auf dieses Konzert gefreut und ich habe nicht Anderes zu tun als ihr den Abend zu verderben. Es ist der Beruf, dieser verdammte Beruf, der mich in letzter Zeit so verbittert und unverträglich werden lässt. Und an der Frau, die ich liebe, lasse ich meinen ganzen Frust ab. -

Entschlossen drehte er sich um und marschierte mit schnellen Schritten zurück. Noch bevor er selbst die Klinke der Haustür in Händen hielt, öffnete sich diese wie von selbst und sein Frau stand ihm, in den dicken Wintermantel gehüllt, gegenüber. „Susanne, ich.... „ begann er stammelnd. – „Sag jetzt nichts,“ antwortete diese, während sie ihm die Arme auf die Schultern legte, „lass uns einfach ein wenig gemeinsam spazieren gehen und Du erzählst mir von Deinem Tag und allem, was Dich bedrückt.“ Er schaute ihr dankbar und liebevoll in die Augen. „Susanne, ich liebe Dich.“ – „Ich Dich doch auch, mein Schatz.“

Arm in Arm gingen sie die Straße entlang und Karl Jensen erzählte, von seinen Selbstzweifeln, seinen Ängsten und tiefsten Gedanken. Still hörte ihm seine Frau zu, sah den feuchten Schimmer in seinen Augen und fühlte seine zitternde Hand.

Fest zog sie ihn an sich, als sie plötzlich stehen blieb und ihm fest in die Augen blickte. „Du Karl, das schaffen wir schon. Wer schon, wenn nicht wir beide? Lass bloß den Kopf nicht hängen!“

Kapitel 10

Hermann Callsen saß an diesem Abend mit vor Wichtigkeit geschwellter Brust sowie einem vom Grog und vor Aufregung hochrot angelaufenen Kopf wieder am Stammtisch der Landgaststätte „Zur Eiche". Der kleine, schmächtige Mann war sich des allgemeinen Interesses um seine sonst so unscheinbare Person durchaus bewusst und er genoss die Popularität in vollen Zügen. Als Gelegenheitsarbeiter und Frührentner übersah man ihn im dörflichen Leben in der Regel geflissentlich. Doch heute suchte sogar das sonst so arrogante Bauernvolk seine Nähe. Er plusterte sich auf wie ein Pfau und mit seinem roten Kopf war der Vergleich mit einem radschlagenden Pfau gar nicht so abwegig. Der Wirt des kleinen Dorfkruges rieb sich insgeheim die Hände. So überfüllt präsentierte sich die Gaststube seit Jahren nicht mehr. Bier, Glühwein, Grog und Kurze flossen in Strömen. Kein Stuhl blieb leer und es herrschte stetiges Kommen und Gehen, scheinbar versammelte sich das ganze Dorf hinter den kleinen Butzenscheiben.

„Mensch Hermann, was hast Du bloß dem Kommissar erzählt ?" dröhnte die schneidende Stimme von Johannes Kalübbe durch den Saal und schlagartig verstummten die schwatzenden und zischelnden Stimmen in der Gaststube. Alle starrten gebannt zum Stammtisch und zu Hermann Callsen.

"Was soll ich groß erzählt haben, nur das, was die Kriminalen ohnehin schon wussten! Dass der Meierling ein Miststück war und jeden hier im Dorf irgendwann einmal betrogen und belogen hat. Das keiner etwas mit ihm zu tun haben wollte und alle ihn lieber gehen als kommen sahen. Mir hat er doch auch meine kleine Moorwiese für einen Spottpreis abgekauft, weil er mir weisgemacht hat, ich müsste zukünftig die ganze Entwässerung bezahlen. Und nachher wurden daraus Bauplätze. So ein Betrüger!" Verächtlich spuckte er auf den Boden und gönnte sich

anschließend einen ausgiebigen Schluck Grog.
„Mit Deinem dummen Gerede bringst Du uns alle noch in Teufels Küche. Der hat Dich doch ausgequetscht wie eine Zitrone," antwortete Kalübbe resigniert und wütend zugleich.

Hermann Callsen setzte seine intelligenteste Miene auf, die einen aufmerksamen Betrachter jedoch nicht über die wirkliche Verstandesleistung hinwegtäuschen konnte. „Mich ausgequetscht, dass ich nicht lache. So ein Stadtschnösel legt mich doch nicht rein. Ich habe nur das gesagt, was ich auch sagen wollte. Den Rest habe ich fein für mich behalten." – „Was hast Du für Dich behalten?" fragte Kalübbe und der lauernde Ton in der Stimme war nicht überhörbar.
„Das möchtest wohl wissen, Hannes!" Hermann Callsen sprang auf und stemmte seine dünnen Arme in die Hüften. Ebenso plötzlich stützte er sich jedoch mit einer Hand auf dem schweren Eichentisch ab, um nicht vollends das Gleichgewicht und damit die vermeintliche Autorität wieder zu verlieren. „Ich weiß mehr, als Ihr alle denkt!" brüllte er mit sich überschlagender Stimme in die Gaststube. „Wenn ich auspacke, sitzt der eine oder andere von euch schlagartig hinter schwedischen Gardinen. Behandelt Euren Callsen in Zukunft gut, sonst gnade Euch Gott!"

Statt des zu erwartenden Sturms der Entrüstung blieb es still im Raum. Selbst das Klappern der Eingangstür und das Geräusch eines davonfahrenden Autos ließ sich laut und deutlich vernehmen. Hermann Callsen schwankte mit schwerer Schlagseite zur Tür. "So, ich geh' jetzt, den Grog zahlt sicherlich Ihr, denn denkt daran, behandelt mich gut. Callsen sieht alles und weiß alles!" Damit verschwand er kichernd in der Dunkelheit.
„Hoffentlich weißt Du, was Du da tust," sagte Johannes Kalübbe leise mehr zu sich als in die Runde und leerte mit einem langen Zug sein Glas. Hermann Callsen schwankte indessen schon von einer Straßenseite zur anderen, um dann mit viel Mühe den kleinen Feldweg zu finden, der zu seiner schon fast als baufällig

zu bezeichnenden Kate führte. Noch einmal lachte er vor sich hin. - Nun war er wer im Dorf. All den anderen würde er schon zeigen, aus was für einem Holz er geschnitzt war. -

Plötzlich leuchteten unmittelbar vor ihm zwei riesige Lichtkegel auf, die ihn vollends blendeten. Immer schneller, so schien ihm, näherte sich das grelle Licht. Angst keimte in ihm auf. Reifen quietschten und mit einem Aufschrei stürzte er in den Entwässerungsgraben, der träge unterhalb des Feldweges dahin floss.

Das Auto hielt, eine Person stieg aus. „Oh Gott, das tut mir aber wahnsinnig leid. Komm, ich fahre Dich nach Hause, Du bist ja völlig durchnässt." Hermann Callsen schaute verwirrt aus dem Graben empor. „Ach du bist es. Ich hab dich im ersten Moment gar nicht erkannt. Wie die Pfadfinder, was? Jeden Tag eine gute Tat!" Dankbar hakte sich Callsen ein und ließ sich zum Wagen führen. Es quatschte, als er sich mit der nassen und verdreckten Hose in den Beifahrersitz fallen ließ.
„Warte, ich schnalle Dich noch an, „ sprach die hilfsbereite Stimme zu ihm, „und Dein Gesicht ist ja dreckverschmiert, ich werde es Dir mit meinem Taschentuch schnell säubern." – „Ist wirklich nicht nötig", antwortete Callsen, streckte jedoch sein Gesicht nach vorn. – „Doch, doch, ich bin schuld an diesem Vorfall!"

Hermann Callsen wunderte sich noch über den eigenartigen Geruch, den das Taschentuch verströmte, da wurde ihm dasselbe mit Macht auf Mund und Nase gepresst. Der Alkohol und der Schrecken ließen ihn keine nennenswerte Gegenwehr unternehmen. Im Kopf wirbelte und drehte sich alles. Er verlor das Bewusstsein.

Kapitel 11

Kommissar Jensen stand bereits am großen Fenster des Besprechungsraumes und rauchte genüsslich eine Zigarette, als Oberkommissarin Schäfer und sein Kollege Blöcker pünktlich um 09:00 Uhr an diesem Dienstagmorgen das Zimmer betraten. Seine Chefin gab sich sogleich einem ausgiebigen Hustenanfall hin, als ihr die blauen Rauchschwaden entgegenschlugen.
„Mensch, Jensen, reicht es nicht, wenn sie Ihr eigenes Büro verqualmen, müssen sie jetzt auch noch unsere Besprechungsräume einnebeln?"

„Dieser Rauch ist wirklich Gift für die Bronchien", rief Martin Blöcker feixend dazwischen und öffnete eilig eines der Fenster. – „Schleimer!" zischte ihm Karl Jensen hinter dem Rücken der Oberkommissarin zu und setzte sich verärgert auf einen der verchromten Schwingstühle.

„Darf ich Ihnen vielleicht eine Tasse Kaffee einschenken?" fragte Blöcker fast übertrieben diensteifrig und griente dabei seinen Kollegen hämisch über den Tisch hinweg an. – „Mach nur weiter so!" raunte Jensen ihn wütend zu.

Oberkommissarin Schäfer blickte kurz von den vor ihr liegenden Unterlagen auf und runzelte die Stirn. „Meine Herren, zur Sache, ich habe nicht sehr viel Zeit. In einer Stunde muss ich mit den ersten Pressevertretern rechnen. Die haben natürlich schon von diesem mysteriösen Mord Wind bekommen und erwarten von mir, dass ich ihnen Rede und Antwort stehe. Wie weit sind die Ermittlungen gediehen? Welche Fakten liegen uns vor? Herr Kommissar Jensen, wollen sie bitte beginnen!"
"Sehr gern, Frau Oberkommissarin. Die genaue Tatzeit liegt nunmehr fest. Stefan Meierling wurde um 20:45 h am Fundort erschossen. Dabei erscheint mir schon sehr seltsam, dass Herr Kalübbe bereits fünfzehn Minuten später an Ort und Stelle war und die Leiche fand. Diesen Umstand sollten wir bei unseren

weiteren Ermittlungen nicht unberücksichtigt lassen. Herr Kalübbe und Herr Meierling stellten die Jagdpächter in Wessehöft dar. Herr Kalübbe spielte zwar den Entsetzten und betonte immer wieder das herzliche Verhältnis, das zwischen ihm und dem Ermordeten bestand. Doch ich bin mir nicht recht sicher, ob es sich wirklich so verhielt oder Kalübbe mir nur eine Probe seiner schauspielerischen Qualitäten präsentiert hat."

Kommissar Jensen unterbrach seinen Bericht und blickte ein wenig irritiert zu Blöcker hinüber, der ihn mit zwinkernden Augen anlachte. „Was ist Martin? Hast Du etwas einzuwenden?" – „Nein, nein Karl, erzähle ruhig weiter. Ich komme später dran!"

Karl Jensen wandte sich wieder seinem Notizblock zu. „Das Projektil haben wir inzwischen auch gefunden. Es steckte in einem alten morschen Weidenstubben im Knickbereich. Es handelt sich zweifelsohne um eine Revolverpatrone des Kalibers, .375 Magnum. Weitere Erkenntnisse wird sicherlich das ballistische Gutachten erbringen." – „Wissen wir schon, wer im Umfeld des Opfers einen solchen Revolver besitzt?" fragte die Oberkommissarin. – „Nein, Frau Schäfer, darauf werden wir uns jedoch bei den weiteren Ermittlungen konzentrieren. Zum anderen erscheint mir auch erwähnenswert, dass Herr Kalübbe behauptete, sein Jagdfreund sei grundsätzlich mit einem Handy auf die Jagd gegangen, nur haben wir bei dem Ermordeten keines gefunden. Wenn die Behauptung zuträfe, frage ich mich natürlich, wer dieses an sich genommen haben könnte. Vielleicht der Mörder? Aber warum?"
„Wirklich eigentümlich!" konstatierte Oberkommissarin Schäfer, „haben sie eigentlich Frau Meierling inzwischen erreichen können?" – „Ja Frau Schäfer, dies ist uns jedoch erst am darauf folgenden Tag gelungen. Frau Meierling behauptet zwar, sie wäre die ganze Zeit zu Hause gewesen, doch sowohl Klingeln und Klopfen an der Haustür als auch etliche Telefonanrufe blieben

wirkungslos. Angeblich nahm sie ein Schlafmittel und erwachte erst spät am nächsten Vormittag. Noch merkwürdiger jedoch erschien mir ihre Reaktion auf meine Mitteilung, es wäre etwas Schreckliches geschehen. Sie schrie förmlich vor Verzweiflung auf, weil sie spontan auf ihre Tochter schloss. Als ich ihr aber auseinander setzte, es handele sich um ihren Mann, wirkte sie irgendwie erleichtert. Auch versuchte sie mir weiszumachen, es sei durchaus normal, dass er manchmal nachts nicht nach Hause käme und begründete dies mit seinem Beruf als Architekt. Sie zeigte sich außerordentlich kooperativ und informativ, solange wir über das Opfer sprachen. Sobald ich jedoch die Tochter ins Spiel brachte, verschloss sie sich wie eine Auster und beendete das Gespräch abrupt. Alles in allem liegen noch keine konkreten Verdachtsmomente vor, doch sollten wir auch hier auf jeden Fall am Ball bleiben. Ich bin davon überzeugt, das wir dieses traute Heim noch lange nicht durchschaut haben.

Die Tochter studiert Pharmazie an der Kieler Universität. Sprechen konnten wir noch nicht mit ihr. Die Vermieterin sagte auf unsere telefonische Anfrage hin aus, dass sie Fräulein Meierling seit Sonntag nicht mehr gesehen habe. Auch die Vorlesungen hat sie am darauffolgenden Tag nicht besucht. Sie ist schlichtweg verschwunden."

"Wir können also weder den Finder der Leiche, den Herrn Kalübbe, noch die Ehefrau vollständig von der Liste möglicher Verdächtiger streichen," fasste Oberkommissarin Schäfer den ausführlichen Bericht zusammen. „Nun zu Ihnen, Kommissar Blöcker, was haben Ihre Ermittlungen bis jetzt ergeben?"

Martin Blöcker räusperte sich vielsagend: „Nun ja, ich habe das kommunikative Epizentrum des hiesigen Populationsverbundes aufgesucht." - Oberkommissarin Schäfer wie auch Kommissar Jensen blickten ihren Mitstreiter entgeistert an. „Sie haben was?" stammelte seine wohlproportionierte Chefin etwas geistlos. – „Ich war im Dorfkrug!" rief Blöcker lachend.

Der Kopf von Frau Schäfer lief hochrot an, während sich ihre Blusenknöpfe gefährlich über den sich heftig wogenden Busen strafften. „Kommissar Blöcker, lassen sie diesen Quatsch und kommen sie endlich zur Sache! Wir bearbeiten schließlich einen Mord. Noch, ich betone, noch, sind sie bei der Kripo beschäftigt und nicht bei Harald Schmidt!"

Ein wenig erschrocken über die heftige Reaktion seiner Chefin begann dieser die Ergebnisse seiner Recherchen vorzutragen: „Die Dorfgaststätte wirkte ziemlich belebt, daher entschloss ich mich, dort mit meinen Untersuchungen zu beginnen." – „Ach was!" rief Karl Jensen dazwischen, „einen trockenen und warmen Platz hast Du doch nur gesucht!" – „Jensen", brüllte die geplagte Oberkommissarin dazwischen, „behalten sie Ihre unqualifizierten Äußerungen für sich oder ich schieße sie persönlich zum Mond!" Beleidigt ließ sich dieser tief in seinen Stuhl sinken. „Meine Vermutung traf selbstverständlich zu," setzte Martin Blöcker wieder ein wenig selbstsicherer seinen Bericht fort, „im Krug fand ich einige alteingesessene Dorfbewohner an, von denen ich einen durch geschicktes Lancieren isolieren und einem eingehenden Verhör unterziehen konnte." – „Lassen sie Ihr selbstgefälliges Gefasel und kommen sie endlich zur Sache!" zischte ihn Frau Schäfer gefährlich leise an. – „Der Mann heißt Callsen, Hermann Callsen, 58 Jahre alt, Frührentner und Gelegenheitsarbeiter auf den umliegenden Höfen. Sein bisheriges Leben verbrachte er ausschließlich in Weshöft, kam kaum über die Dorfgrenzen hinweg. Das, was er mir über unseren Ermordeten berichtete, war geradezu haarsträubend. Er selbst wurde um ein kostbares Stück Land betrogen. Nach seinen Aussagen gibt es keinen Dorfbewohner, der nicht wegen irgendeiner Gaunerei oder Betrügerei mit dem Meierling im Clinch lag. Auch das Verhältnis zu seinem angeblichen Busenfreund, dem Herrn Kalübbe, war angeblich sehr angespannt. Meierling wusste wohl irgend etwas über seinen Jagdkameraden, mit dem er ihn bei Bedarf unter Druck setzen konnte. Laut Callsen schien die Luft jedoch so richtig zu brennen, wenn Stefan Meierling mit dem dritten Jäger im Bunde, einem Alwin Olsen, zusammentraf. Den hat er anscheinend bei der letzten Jagdverpachtung so richtig übers Ohr gehauen. Dieser drohte dann noch während der Versammlung, er würde ihn wie einen Wurm zertreten, wenn er ihn irgendwo allein anträfe. Alles in allem erweckte das Gespräch mit Callsen den Eindruck, dass unser toter Jäger nicht unbedingt zu den beliebtesten Zeitgenossen im Dorf gehörte. Von Frau Meierling sprach er immer nur „von der armen Deern". Er weigerte sich jedoch trotz seines beachtlichen Alkoholpegels, mir weitere Details mitzuteilen. Ich versuchte ihn ein wenig in die Zange zu nehmen, doch da stellte er ganz und gar auf stur und weigerte sich partout, überhaupt noch etwas auszusagen. Ich bin sicher, der Mann kann uns noch mehr erzählen."

"Oh mein Gott!" stöhnte die geplagte Oberkommissarin, „wir haben also ein ganzes Dorf voller potentieller Verdächtiger und noch keine konkreten Anhaltspunkte. Der Fall beginnt mir langsam unheimlich zu werden.

Meine Herren, sie wissen, was sie zu tun haben! Enttäuschen sie mich nicht. Im Grunde ist es ganz einfach, eliminieren sie die Unschuldigen von der Liste der Verdächtigen und verhaften sie den Täter oder die Täterin!" Mit diesem wie ein Schlachtruf klingenden Ausruf schloss die Oberkommissarin energisch die Ermittlungsakte und wandte sich zielstrebig der Tür zu.

„Unterrichten sie bitte die Presse, dass wir genau diese Strategie anwenden werden, Frau Schäfer!" riefen ihr die beiden Kommissare wie aus einem Munde nach.

„Oh Gott, die Presse!" waren die letzten Worte, die die beiden von ihrer Chefin hörten, bevor sich die Tür schloss.

Kapitel 12

“Manchmal möchte ich nicht mit ihr tauschen,“ sagte Martin Blöcker und blickte seiner Chefin etwas mitleidsvoll durch die geschlossene Tür hinter her. – „Ach was,“ winkte Karl Jensen etwas herablassend ab, „unsere Schäferin ist doch voll auf der Höhe, die fertigt diese neugierigen Schreiberlinge schon entsprechend ab.“

In diesem Moment schrillte das Telefon laut und durchdringend. Beide fuhren ein wenig erschrocken zusammen. „Der Erkennungsdienst,“ konstatierte Kommissar Jensen, als er auf das Display blickte. Er ergriff den Hörer und ein kurzer Dialog folgte. Fragend schaute ihn sein Kollege nach Beendigung des Telefonates an. „Irgend etwas Neues?“ – „Das vergoldete Feuerzeug, das wir in der Nähe der Leiche gefunden haben, weist alle möglichen Fingerabdrücke auf, aber keinen einzigen von unserem Opfer. Weiterhin ergab die Autopsie, dass Stefan Meierling sein Lebtag Nichtraucher gewesen sein muss.“ – “Das ist wirklich interessant! Damit hätten wir mit an Sicherheit grenzender Wahrscheinlichkeit einen ersten konkreten Hinweis auf den Mörder.“ – “So sieht es zumindest aus,“ antwortete Kommissar Jensen etwas zurückhaltender. – „Lass uns nach Wesehöft fahren, Verdächtige gibt es dort wirklich genug.“ – „Und mit wem wollen wir beginnen, Karl?“ – „Ich schlage diesen Alwin Olsen vor. Den haben wir bis jetzt noch gar nicht kennen gelernt.“

“Na denn man los!“ Zehn Minuten später saßen die beiden in ihrem dunkelblauen Dienstwagen und fuhren in Richtung Wesehöft. Der Himmel hielt an diesem Tag zwar seine Schleusen verschlossen, doch ein dichter, zäher Nebel senkte sich immer tiefer auf die kahle Landschaft und hüllte alles wie mit einem weißen Tuch ein. Die Sicht beschränkte sich auf maximal zwanzig Meter, so dass die beiden nur noch im Schritttempo vorankamen. „Verdammter Nebel!“ fluchte Karl Jensen und versuchte, sich hochkonzentriert an den Begrenzungspfählen der Straße zu orientieren. Plötzlich sagte Martin Blöcker: „Du Karl das letzte Mal, als wir gemeinsam im Auto saßen, hast Du mir aber einen gehörigen Schrecken eingejagt!“ – „Was habe ich?“ antwortete dieser etwas verärgert über diese plötzliche Störung. – „Na ja, all das, was Du mir über unseren Beruf und über Deine früheren Hoffnungen und Ziele erzählt hast.“ Martin Blöcker schwieg ein wenig verlegen. – „Ach das,“ wiegelte dieser ein wenig unwirsch ab. „Lass uns darüber ein anderes Mal sprechen. Ich muss mich jetzt wirklich auf die Straße konzentrieren. Verdammt noch mal, nun haben wir die Zuwegung zu Olsens Hof verpasst. Siehst Du, das kommt bei dem Palaver heraus!“ Innerlich war Karl Jensen jedoch sehr froh darüber, dieses für ihn so unangenehme Thema schnell wieder beenden zu können. Schweigsam erreichten sie den sauber gepflasterten Hofplatz. Der ganze Bauernhof vermittelte einen adretten und gepflegten Eindruck. Die Ackergeräte standen in einer offenen Scheune, sauber abgewaschen und eingeölt, stellte Kommissar Jensen sofort mit fachmännischem Blick fest. Kein Tier brüllte unzufrieden oder gar hungrig im Stall. Hier übte einer seinen Beruf als Landwirt mit Liebe und Hingabe aus.

Die beiden Kriminalbeamten schritten zur Haustür und auf das zweimalige Klingeln öffnete eine etwa 35-jährige Frau mit schulterlangen, blonden Haaren und glänzenden blauen Augen. Zwei blonde, kleine Wuschelköpfe lugten vorsichtig und gleichzeitig neugierig aus einer der vielen vom Flur ausgehenden Türen.

„Guten Tag, meine Herren, kann ich irgendetwas für sie tun?“ fragte die junge Frau etwas skeptisch, doch mit klarer, fester Stimme. – „Mein Name ist Jensen von der Kieler Kriminalpolizei,“ dabei zeigte er seinen Dienstausweis vor, der intensiv in Augenschein genommen wurde. „Und das ist mein Kollege

Blöcker. Sind sie Frau Olsen?“ Ein kurzes Kopfnicken folgte als Antwort. – „Wir untersuchen den Mord an Herrn Meierling und würden gern Ihnen und Ihrem Mann einige Routinefragen stellen. Dürfen wir reinkommen?“ –“Selbstverständlich, meine Herren, kommen sie bitte durch in die Stube. Mein Mann ist noch hinten im Bullenstall, muss aber jeden Moment zurückkommen. Darf ich Ihnen in der Zwischenzeit eine Tasse Kaffee anbieten?“ – “Herzlich gern! Ihre Stube ist ja so gemütlich. Wie früher bei uns zu Haus,“ entgegnete Jensen ein wenig schwärmerisch und blickte bewundernd auf die alten schweren Bauernmöbel, die sich wie maßgeschneidert in den großen hohen Raum einfügten. – “Alles alte Erbstücke und schon seit Generationen im Besitz unserer Familie,“ antwortete Frau Olsen ein wenig verlegen und ein zarter Hauch legte sich über die straffen Wangen. – „Wie sie sicherlich wissen, Frau Olsen, wurde Herr Meierling am letzten Freitag ermordet,“ begann Kommissar Blöcker das förmliche Verhör. Sofort veränderte sich die Haltung der jungen Frau, die Lippen wurden schmal, alle Wärme wich aus den Augen, der ganze Körper verkrampfte sich. – “Ich kannte ihn kaum. Wir wohnen hier alle sehr verstreut und hatten daher so gut wie keine Berührungspunkte. Ich kann Ihnen wirklich gar nichts sagen. Entschuldigen sie mich, ich muss kurz nach dem Kaffe schauen.“

Nachdem Frau Olsen beinahe fluchtartig die Wohnstube verlassen hatte, blickte Karl Jensen seinen Kollegen vorwurfsvoll an. „Siehst Du, was Du angerichtet hast? Derartig mit der Tür ins Haus zu fallen. Nun kann ich sehen, wie ich das wieder gerade biege!“ Martin Blöcker zuckte ein wenig hilflos mit der Schulter und brummelte so etwas wie “ich bin ja schließlich im Dienst“ in den nicht vorhandenen Bart. Einen Moment später erschien Frau Olsen mit dem Kaffee, während Karl Jensen diskret, jedoch für die Gastgeberin sichtbar, seine Zigaretten auf den Tisch legte. „Seien sie mir nicht böse, Herr Kommissar, aber wegen der Kinder haben wir das Rauchen im Haus eingestellt. Selbst mein Mann raucht nur noch draußen." – "Dafür habe ich doch Verständnis," antwortete der so Gemaßregelte etwas verkniffen und vergrub die Zigarettenschachtel wieder in der Tasche. – „Sie haben ja wirklich ein ganz entzückendes Kaffeeservice," versuchte er das Gespräch wieder aufzunehmen." – „Ja, nicht wahr! Das halten wir auch in Ehren, es ist nämlich auch ein altes Erbstück von Alwins Großmutter. Schauen sie mal, hier in der Vitrine", Frau Olsen war augenscheinlich wieder ganz in ihrem Element, „all die alten Teller und Bestecke und hier der alte vergoldete Aschenbecher!"

Plötzlich stutzte die Bauersfrau und schwere Schritte hallten von der Diele her. Alwin Olsen erschien und sein muskulöser Körper nahm fast den gesamten Rahmen der Tür ein. Die kurzen dunkelblonden Haare, die sich am Kopfansatz bereits etwas lichteten, das breite Kreuz und die derben Hände ließen ihn außerordentlich maskulin erscheinen. Alles an ihm wirkte durchtrainiert. Das leicht gerötete Gesicht sowie die stark ausgebildeten Zornesadern am Halsansatz vermittelten den Eindruck eines aufbrausenden, leicht erregbaren Temperamentes. Fragend blickte er in die Runde und noch bevor einer der beiden Kommissare etwas sagen konnte, ergriff Frau Olsen die Initiative:

"Gut, dass Du kommst Alwin, die Herren sind von der Kripo und sind wegen Meierling hier. Möchtest Du vielleicht auch einen Kaffee?" Die Miene von Alwin Olsen verdüsterte sich und ohne auf die Frage seiner Frau in irgendeiner Weise einzugehen, platzte es aus ihm eher spontan als überlegt heraus: "Meierling ist tot, na und? Ein Parasit und Schmarotzer weniger auf der Welt!"

Jensen und Blöcker blickten sich vielsagend an. „Sie haben also bereits von der Ermordung gehört, Herr Olsen?" – „Das pfeifen doch schon die Spatzen von den Dächern. Manchmal gibt es

also doch so etwas wie göttliche Gerechtigkeit." – "Herr Meierling war für sie also ein Schmarotzer?" griff Martin Blöcker den ersten Anruf wieder auf. Alwin Olsen wurde langsam bewusst, dass er sich entschieden zu weit auf Glatteis begeben hatte und räusperte sich anhaltend. „Na ja, so war es nun auch wieder nicht gemeint. Er hat sich jedoch bei dem einen oder anderen nicht unbedingt beliebt gemacht. Es bereitete ihm wohl Schwierigkeiten, sich in der ländlichen Mentalität zurecht zu finden."
"Wie war ihr persönliches Verhältnis zu Herrn Meierling?" hakte Kommissar Jensen nochmals ein. Diesmal schnäuzte sich der junge Bauer erst einmal ausgiebig, bevor er abfällig antwortete: "Mit dem hatte ich wenig zu schaffen. Also gab es auch kein Verhältnis. Ich habe genug damit zu tun, mich um meinen Kram zu kümmern." – „Wie ich hörte, gab es doch irgendwelche Differenzen in Bezug auf die Jagd?" mischte sich Kommissar Blöcker wieder in den Dialog. Alwin Olsen holte tief Luft, die Halsschlagadern schwollen in sekundenschnelle auf die doppelte Größe. „Wenn sie schon alles wissen, warum fragen sie mich dann überhaupt?" schrie er den Kriminalbeamten an, so dass dieser unwillkürlich vom Stuhl aufsprang und drei Schritte zurückwich.
„Seit Generationen lebt unsere Familie in diesem Dorf. Ich habe ein angestammtes Recht darauf, hier auf die Jagd zu gehen! Was hat mir der Meierling vor der Neuverpachtung alles versprochen, wenn ich ihm offiziell den Vorrang lasse. Von gegenseitigem Vertrauen und partnerschaftlicher Zusammenarbeit war da die Rede und ich Trottel habe ihm geglaubt. Nach der Neuverpachtung hat dieser Betrüger die Verträge so formuliert, dass ich auf einmal außen vor war. Ich hätte ihn mit bloßer Faust erschlagen können."
„Herr Olsen, wo waren sie am Freitagabend zwischen 20:00 und 22:00 Uhr?" fragte Kommissar Blöcker im amtlichsten Ton. – „Wo soll ich denn gewesen sein? Hier zu Hause natür-

lich, fragen sie doch meine Frau!“ Kommissar Jensen entging nicht das kurze Zögern des knapp Vierzigjährigen. – „Herr Olsen, sie benutzen doch sicherlich feste Winterstiefel?“ wechselte Jensen abrupt das Thema. – „Ja, wieso?“ antwortete dieser ein wenig irritiert, ob dieser sonderbaren Frage. – „Ich möchte sie bitten, uns diese für eine Überprüfung zur Verfügung zu stellen!“ – „Heißt das etwa, Sie verdächtigen mich? Das ist doch der Gipfel!“ – “Reine Routine“, antwortete Karl Jensen, ohne auf die vorherige Frage näher einzugehen. “Hol bitte meine Stiefel aus der Diele, Marga,“ rief Olsen seiner Frau zu, die sich diskret in die Küche zurückgezogen hatte. – „Wenn sie erlauben, wird mein Kollege Blöcker Ihre Frau begleiten,“ sagte Jensen in einem Ton, der keine Weigerung duldete. Alwin Olsen knirschte nur mit den Zähnen. Wortlos warteten die beiden auf die Rückkehr des Kommissars.
Kaum war Martin Blöcker, die Stiefel wie eine kostbare Kriegsbeute vor sich hertragend, zurückgekehrt, begann Karl Jensen die Befragung erneut. „Ihre Jagdwaffen sind doch in der Waffenbesitzkarte eingetragen, dürften wir die bitte einmal einsehen, Herr Olsen?“ - Widerstrebend erhob sich dieser, kramte in einer alten Kommode und übergab dem Kommissar das Dokument. „Alles ordnungsgemäß eingetragen, Herr Kommissar!“
„Demnach sind sie in Besitz eines Revolvers, Smith und Wesson, Kaliber 357 Magnum. Ich würde mir die Waffe gern einmal anschauen, Herr Olsen!“ – „Und wenn ich mich weigere?“ – „Glauben sie mir, es ist besser für sie, wenn sie mit uns kooperieren,“ entgegnete Karl Jensen kühl.
Alwin Olsen wandte sich demonstrativ langsam zu dem reich ziselierten Jagdschrank in der Ecke der Stube. Er öffnete die Schranktür, blickte hinein, wandte sich hilfesuchend um und starrte wieder in den Schrank. „Der, der Revolver ist weg,“ stotterte er, während sich sein Gesicht aschfahl färbte. – „Wann haben sie die Waffe das letzte Mal gesehen?“ – „Ich,...ich weiß

nicht, ich gebrauche sie doch so gut wie gar nicht!" – „Wer besitzt außer Ihnen die Möglichkeit, an den Schrank und damit an die Waffen zu gelangen?" - „Kein Mensch, ich wüsste nicht wer," flüsterte er kaum hörbar.

Die beiden Kripobeamten erhoben sich. „Herr Olsen, bitte teilen sie uns unverzüglich mit, wenn sich die Waffe wieder einfindet," Jensen übergab dem in sich zusammengesunkenen Mann seine Visitenkarte. „Und ich gehe davon aus, dass sie sich bis auf weiteres zur Verfügung halten und keine längere Abwesenheit planen!" Olsen nickte nur kurz und starrte fassungslos ins Leere. „Auf Wiedersehen, Herr Olsen, bitte bemühen sie sich nicht, wir finden allein hinaus.

Kapitel 13

Langsam steuerte Karl Jensen den Wagen durch die dichten Nebelschwaden auf dem Plattenweg entlang Richtung Dorfstraße.
„Mensch, Karl!“ sprudelte es aus Martin Blöcker hervor, der noch ganz unter dem Eindruck des eben geführten Gesprächs stand. „Das ist ja wohl ein Volltreffer. Ich bin ja mal gespannt auf den Abgleich der Stiefelabdrücke. Wenn die übereinstimmen, haben wir ja wohl den Richtigen am Haken.“
“Möglich wäre es,“ entgegnete dieser vorsichtig. „Aber die Panik, der Schrecken in seinem Gesicht, als er den Revolver nicht fand, wirkte auf mich schon sehr überzeugend. Oder der Mann ist der geborene Schauspieler. Auch irritierte mich irgendetwas bei dem Gespräch. Irgendein Signal oder Äußerung, irgendeine Handlung. Ich weiß es nicht, es geht mir aber absolut nicht aus dem Kopf. Und dann die Augen des Toten, diese maßlose Überraschung im schon erstarrten Blick. Hätte denn Meierling die Begegnung mit seinem jagdlichen Kontrahenten so verwundert?“
“Du kannst aber auch alles kaputtmachen,“ erwiderte Martin Blöcker etwas beleidigt. „Der Mann ist doch hochgradig cholerisch. Die Sicherungen sind einfach bei ihm durchgebrannt und er hat den „Parasiten“ einfach niedergeknallt.“ – “Und was ist mit den Initialen auf dem Feuerzeug? Nee, nee Martin, da passen noch nicht alle Mosaiksteinchen zusammen. Hast Du das Ding übrigens schon auf seine Herkunft prüfen lassen?“
“Natürlich, bis jetzt liegen uns aber keine konkreten Ergebnisse vor. Wen steuerst Du eigentlich jetzt an?“ – “Ich möchte einmal Deinen redseligen Herrn Callsen kennen lernen. Hast Du eigentlich die Adresse?“ – “Na, was glaubst Du denn, Dorfstraße 43. Ich befürchte aber, das ganze Dorf besteht nur aus dieser einen Dorfstraße und trotzdem liegen die Gebäude wild in der Gegend verstreut. Mir ist schleierhaft, wie wir das Hause in die-

ser dicken Brühe je finden sollen."
Nach einigen Ehrenrunden und manchen waghalsigen Wendemanövern sowie etlichen Flüchen standen sie dann vor einem kleinen Reed gedeckten Hause, wobei Karl Jensen sich zu dem Ausruf: „Mein Gott, da ist ja mehr Luft als Reed auf dem Dach!" hinreißen ließ. „Da hast du Recht, im Vergleich zu Olsens adrettem Gehöft lässt sich dies kaum mehr als Notunterkunft bezeichnen."
Aus dem Nebel tauchte eine kleine, gebückte Gestalt auf, die sich leicht humpelnd misstrauisch den beiden Kriminalbeamten näherte. „Tag ok, die Herren, hebbt se sich verföhrt?" – „Sind sie Frau Callsen?" fragte Karl Jensen unmittelbar zurück, wobei er die ein wenig verwahrlost wirkende Frau, die von Gicht gekrümmten Finger und das faltige, verlebte Gesicht abschätzend musterte. – „Wenn sie etwa wieder zum Pfänden kommen, bi uns ist nix zu holen!" mühte sich die alte Frau auf hochdeutsch, wobei das Gesicht einen trotzigen Ausdruck annahm und die Augen verschlagen blitzten.
Eine zweite hochgeschossene Gestalt erschien aus dem grauen Schleier und stellte sich neben der Alten breitschultrig mit verschränkten Armen in Positur. „Gibt es wieder Ärger Mama?" – „Nun mal ganz sinnig!" entgegnete Karl Jensen lachend, „wir sind keine Gerichtsvollzieher, wir kommen von der Kriminalpolizei. Mein Name ist Jensen und das ist mein Kollege Blöcker." Dabei präsentierten die beiden wie abgesprochen ihre Dienstausweise.
„Dass sie so schnell kommen, hätten wir nicht erwartet. Auf die Polizei ist eben doch Verlass, ich bin übrigens Callsen junior, Rüdiger Callsen, um genau zu sein," antwortete der junge Mann sichtlich erleichtert, während seine Mutter immer noch die Fotografien der Dienstausweise mit den Gesichtern der beiden Kriminalbeamten verglich. Karl Jensen blickte aufmerksam auf. „Wieso haben sie uns denn erwartet?" – „Na meine Mutter

hat doch bereits am frühen Morgen bei der Polizei angerufen! Vadder ist heute Nacht nicht zurückgekommen und wir machen uns große Sorgen. So etwas war nämlich noch nie da, er konnte noch so besof..., ich meine angeheitert gewesen sein, sein warmes Bett hat er bisher immer irgendwie gefunden." – "Wieso sind sie dann überhaupt zu uns gekommen?"
Kommissare wirkten sichtlich verlegen. "Na ja, wir beabsichtigten, die Dinge, die Ihr Vater meinem Kollegen gestern Abend mitgeteilt hat, nochmals zu vertiefen. Machen sie sich aber keine Sorgen, er wird sicherlich wieder auftauchen. Vielleicht ist ihm ein Unfall zugestoßen und er liegt bereits in irgendeinem Krankenhaus. Wir werden das natürlich für sie überprüfen." Frau Callsen litt augenscheinlich unter einer gewissen Schwerhörigkeit. Zumindest erwies sie sich als unfähig, den bisherigen Gesprächsverlauf in seinem ganzen Umfang zu erfassen. Nur der Ausdruck „Unfall" drang ihr in das Bewusstsein und löste blitzartig eine entsprechende Reaktion aus. „Oh, Gott, min arme Hermann, wat is em denn passiert? He is doch son ehrlichen, gottesfürchtigen Menschen. Schuld hebbt nur de anderen, de em immer wat to drinken updrengen wüllt. Von mir krich he doch ken Cent für den verfluchtigen Alkohol." Beschwichtigend klopfte ihr der Sohn auf die Schulter und blickte sie dabei zärtlich an. „Nun lass man, Mama, die Polizei kümmert sich schon. Sie werden Hermann schon finden, außerdem kann er gut auf sich selbst aufpassen, alt genug ist er ja. Ich schlage vor, Du gehst jetzt wieder ins Haus, diese nasskalte Luft ist Gift für Deine Gicht" Diese drehte sich auch gehorsam um und humpelte langsam wieder in Richtung ihres baufälligen Gemäuers, dabei immer wieder „oh, min leve Hermann" vor sich hin murmelnd. Der junge Callsen blickte ihr dabei mitleidsvoll und nachdenklich hinterher. „Wie man sein Herz nur an ein solch versoffenes Subjekt hängen kann," murmelte er leise vor sich hin, doch Karl Jensen besaß gute Ohren.

„Hatte Ihr Vater Probleme mit dem Alkohol?“ – „Probleme? Hermann war oder besser ist durch und durch Alkoholiker. Trotzdem bitte ich sie, sich um seinen Verbleib zu kümmern, allein Mama zuliebe.“ – “Na ja, allzu weit kann er gestern Abend nicht gekommen sein,“ mischte sich Kommissar Blöcker in das Gespräch ein, „wir werden unverzüglich alles Notwendige in die Wege leiten. Auf Wiedersehen, Herr Callsen!“ Die beiden Kripobeamten drehten sich mit kurzem Gruß um und strebten ihrem Auto zu, wobei sich Karl Jensen wütend auf die Lippen biss. – “Ich rate Ihnen zuerst einmal in Ihrer Ausnüchterungszelle nachzuschauen,“ rief dieser den Polizisten ein wenig gehässig nach.
Im Auto platzte Karl Jensen heraus, „Was ist das nun wieder für eine Sauerei? Wieso leitet die Zentrale derartig wichtige Informationen nicht an uns weiter? Na, denen werde ich mal gehörig den Marsch blasen. Uns derartig zu blamieren!“ – „Du, Karl, steht Deine Handy überhaupt auf Empfang?“ Karl Jensen zog das Telefon aus der Jackentasche. „Oh! Das habe ich heute Morgen wohl versäumt!“ – „Na, dann frag mal Deine Mitteilungen ab!“ Nach Drücken einiger Tasten führte dieser das Handy zum Ohr und lauschte den Ansagen. Nach einigen Augenblicken steckte er die moderne Technik wieder wortlos in die Tasche. „Und?“ Martin Blöcker sah ihn erwartungsvoll an. „Die Nachricht ist eingegangen,“ antwortete dieser knapp und startete den Wagen. Die Suche nach Hermann Callsen begann.

Kapitel 14

Janine Meierling wanderte unablässig im Wohnzimmer auf und ab, während ihre Mutter regungslos im großen, schon ein wenig verschlissenen Ledersessel saß und ihre Tochter beobachtete. „Was ist mit Dir?“ fragte sie schließlich ein wenig genervt, ob des stetigen Auf und Ab. – „Ich muss dringend ein wenig an die Luft, Mutti. Ich komme mir vor wie im Gefängnis. Hast Du nicht Lust auf einen kleinen Spaziergang?“ – “Nein, nein, dafür ist es mir zu kalt. Und dazu dieser furchtbare Nebel. Ich bleibe lieber in der warmen Stube.“ “Dann gehe ich eben allein!“ antwortete ihre Tochter ein wenig trotzig, „ich verstehe wirklich nicht, wie Du es die ganze Zeit in diesem überhitzten Raum aushältst. Du bist ein richtiger Stubenhocker geworden.“ – “Lass Dich nicht aufhalten,“ beendete Regine Meierling den kleinen Disput. „Zieh Dich warm an und verlauf Dich nicht in den Dunstschwaden, mein Kind!“ – „Mutti, ich bin keine zehn mehr!“ brauste Janine auf und wandte sich zur Tür, um sich Mantel und Schal zu holen.

Im selben Moment klingelte das Telefon. Da sie sich gerade in Höhe des Apparates befand, nahm sie unwillkürlich und geradezu automatisch den Hörer in die Hand. „Hier Janine Meierling! Nein, die Tochter! Oh, ja bitte, das macht doch nichts, auf Wiederhören.“ Sie drehte sich ein wenig verwundert zu ihrer Mutter um. „Das war aber seltsam, Mutti, erst fragt dieser Typ nach dir und als er dann bemerkt, dass die Tochter am Telefon ist, sagt er, er wäre falsch verbunden und legt wieder auf.“ Frau Meierling richtete sich jäh in ihrem Sessel auf, wobei sich ihr Mund schmerzlich verzog. „Was kümmerst Du Dich auch um die Anrufe, die in meinem Haus ankommen. Vertrete Dir lieber die Beine. In Deinem Alter zählte ich auch zu den Frischluftfanatikern. Und beeil Dich, gleich wird es dunkel!“ Verblüfft schlang sich die so Gescholtene den Schal um den

Hals und zog den langen geflochtenen Zopf geschickt aus dem Kragen des Wollmantels. Schon setzte sie zu einer weiteren Erwiderung an, besann sich dann jedoch eines besseren und verließ das Haus, während sie immer wieder den Kopf schüttelte. Ihre Mutter blickte aus der großen Terrassentür, während ihre Tochter auf der von dort einsehbaren Grundstückszuwegung langsam auf die Dorfstraße zu bummelte. Kaum hatte sie der Nebel verschluckt, wandte sich die Zurückgebliebene um, eilte zum Telefon und ergriff den Hörer. Hektisch wählte sie eine Nummer und lauschte dem Freizeichen, während die Finger der linken Hand nervös auf der Tischplatte trommelten. Plötzlich hellte sich ihr Gesicht auf. "Hallo? Ich bin's, Regine Meierling."

Ihre Tochter hingegen wanderte langsam die einsame, menschenleere Dorfstraße entlang. Der dichte Nebel verschluckte das Licht der Straßenlaternen fast vollständig, so dass man die weitere Strecke eher ahnte als sie wirklich zu erkennen. Totenstille umgab sie und sie dachte ein wenig wehmütig an ihre kleine Studentenbude mitten im Zentrum Kiels mit all den Kneipen, Bars, Bistros und Tanzlokalen rundherum. Und all dem gleißenden Licht und dem lebendigen, lebensfrohen Trubel. Fast bereute sie es wieder, in dieses kleine Kaff zurückgekehrt zu sein, um ihrer Mutter nach diesem entsetzlichen Schicksalsschlag als einzige Tochter beiseite zu stehen. Sie liebte ihre Mutter, die doch so viel bereits durchlitten hatte mit diesem aufgeblasenen, gefühlskalten und mitleidlosen Egomanen an ihrer Seite. Wie häufig sah sie den Schmerz in den Augen ihrer Mutter, hatte sie sie weinen und schluchzen sehen. Aber immer nur heimlich. Denn die äußere Fassade musste doch sauber bleiben, der äußere Schein war unter allen Umständen zu wahren. Ihr Gesicht verzog sich voller Bitterkeit. Plötzlich hielt sie inne, in ihren Gedanken und der Bewegung. Angestrengt lauschte sie in die hin- und her wogenden Nebelschwaden. „Komisch", dachte sie,

„ich glaubte, ich hätte Schritte gehört.“ Eine leise Angst stieg in ihr auf, die sie ihre Schritte unwillkürlich schneller setzen ließ. „Das ist doch Quatsch!“ sagte sie laut vor sich hin, drehte sich jedoch noch einmal suchend um. Doch nichts regte sich in dem einheitlichen Grau.

Dann wandten sich ihre Gedanken wieder ihrem Vater zu. Eigentlich schon fast makaber, den gewaltsamen Tod des Erzeugers aus dem Radio zu erfahren. Doch es entsprach ganz seinem Charakter, auch sein eigenes Ableben in ein derartig dramatisches Gewand zu hüllen. Und keinem tat dieser Mord in irgendeiner Weise leid. Ganz im Gegenteil. Ihr fröstelte und schaudernd rief sie sich wieder in Erinnerung, dass sie doch von ihrem eigenen Vater sprach. Eher unwillkürlich lenkte sie ihre Schritte in Richtung des kleinen Feldweges an dessen Ende die bewusste Wiese lag, auf der ein Mensch nur einige Tage vorher mit Vorsatz niedergeschossen worden war. Reste der polizeilichen Absperrung flatterten noch im Wind, ansonsten lag auch hier tiefer Nebel, der alles verhüllte, friedlich, geheimnisvoll oder doch eher drohend?

Janine Meierling dachte wieder an ihre Mutter und das merkwürdige Telefonat. Mutti hatte sich so verändert, war so still geworden, so in sich gekehrt. Ihr frohes Lachen, wenn Vater denn mal nicht zu Hause war, so gänzlich verschwunden. Nun, sie würde ihr schon helfen.

In diesem Moment blendete sie ein greller Blitz. Sie schrie auf und stürzte nach vorn. Weg von der Wiese, weg von diesem unheimlichen Ort. Hin zum Dorf, dessen kaum sichtbare, erleuchteten Fenster ihr in diesem Moment Sicherheit und Geborgenheit versprachen. Doch sie war geblendet von diesem grellen, gleißenden Blitz und fast besinnungslos vor Angst. Und so kam, was kommen musste. Sie stürzte, schlug hin auf die Erde, in den Matsch. Bevor sie sich wieder aufrichten konnte, beugte sich ein Mann über sie, Sie sah den dunklen Mantel, das doch so freundlich wirkende Gesicht. Doch sie schrie, schrie um ihr Leben. Eine schwere Hand klatschte urplötzlich auf ihre rechte Wange, die im selben Moment wie Feuer brannte. Doch sie kam zur Besinnung und begann wieder, bewusst zu erkennen, zu sehen und zu begreifen. Der eigentlich durchaus sympathisch wirkende jüngere Mann mit seinen braunen Augen und den so schwungvoll gezeichneten Augenbrauen half ihr behutsam auf die Beine. „Das tut mir wirklich furchtbar Leid, Fräulein Meierling, das habe ich wirklich nicht gewollt!" - „Was haben sie nicht gewollt und woher wissen sie meinen Namen?" fauchte diese, immer noch ein wenig hysterisch, barsch zurück. - „Na ja, ich habe sie aus dem Haus kommen sehen und daraus geschlossen, sie seien die Tochter und dann folgte ich Ihnen." - „Die Schritte! Ich habe mich also doch nicht verhört! Doch was wollen sie eigentlich von mir?" – „Na ja, ich studiere Journalismus und ich dachte mir, so eine Fotostory von der Familie des Ermordeten, von dem Leid und dem unendlichen Schmerz, von diesem enormen Schicksalsschlag...." – "Nun halten sie mal die Klappe! Soll das heißen, sie haben uns aufgelauert, sich heimtückisch in den Büschen verkrochen, um uns auszuspionieren und das dann noch im Bild festzuhalten?" – „Lassen sie mich das doch ein wenig eingehender erklären. - Ich..." Janine Meierling bebte vor Zorn. „Ist es so, ja oder nein?" brüllte sie den angehenden Reporter an, - „Ja, es ist so!" gestand dieser schließlich ein, wobei das eher blasse Gesicht vor Verlegenheit fast wie eine rote Laterne leuchtete. „Ich zeige sie an! Noch heute Abend rufe ich die Polizei an! Dann sind sie fällig, sie, sie..." Abrupt drehte sich die junge Studentin um und rannte zum Dorf.

Geknickt und mit hängendem Kopf wandte sich der Reporter in spe ebenfalls Richtung Dorf, wobei er immer wieder an die drohende Anzeige und die möglichen Folgen denken musste. „Stipendium ade."

Doch Janine Meierling blieb stumm. Nicht einmal ihrer Mutter offenbarte sie ihr abendliches Abenteuer und auch die Frage nach der dreckverschmierten Kleidung beantwortete sie äußerst knapp mit „bin ausgerutscht."

Doch dieser unvorhergesehene Fototermin mit all seinem Schrecken ließ sie nicht einschlafen. Oder waren es die so freundlich blickenden Augen des zukünftigen Starfotografen? Sie wusste es in diesem Moment selbst nicht, wie sie, sehr zu ihrem Bedauern auch den Namen des beherzten, jungen Mannes nicht kannte.

Kapitel 15

Mutter und Tochter saßen am folgenden Morgen schweigend und seltsam abwesend am Frühstückstisch. Beide hingen ihren eigenen Gedanken nach und lauschten dabei der etwas betagten Kaffeemaschine, die bedrohlich zischte, brodelte und dampfte und damit ihr mühsam erarbeitetes Anrecht auf den wohlverdienten Ruhestand eindrucksvoll unter Beweis stellte. Während sich Janine Meierling bedächtig und mit viel Vorfreude einen Toast mit Butter bestrich, das Frühstücksei bereits halb abgepellt auf den Verzehr wartete, saß ihre Mutter vor einer Tasse dampfenden schwarzen Kaffees und rauchte dabei nachdenklich eine Zigarette.

Janine sah ihre Mutter und das vor ihr stehende Heißgetränk, das in ihren Augen aber gar nichts mit Frühstück zu tun hatte, vorwurfsvoll und besorgt an: "Mutti, das ist doch kein Frühstück, Du musst doch etwas essen. Du kannst Dich doch nicht nur von Koffein und Nikotin ernähren. Du wirst krank davon!" Wie elektrisiert starrte diese ihre Tochter an. „Ich bin nicht krank und ich werde nicht krank. Ich bin alt genug, um selbst zu entscheiden, wie ich mein Leben gestalte! Und das beginnt beim Frühstück!" fuhr sie ihre Tochter wütend an, die entsetzt vom Tisch zurückwich. Im selben Moment wurde sie sich ihrer unangemessen, hysterischen Reaktion bewusst. „Tut mir leid, Liebes, ich bin momentan wirklich in keiner allzu guten Verfassung. All die entsetzlichen Geschehnisse. Vaters Tod setzt mir doch mehr zu, als ich anfangs glaubte." – "Ist schon gut, Mutti, ich verstehe das.. Deswegen bin ich ja gekommen, um Dir zu helfen." Sanft und behutsam nahm Regine Meierling die Hände ihrer Tochter in ihre und blickte ihr voller Zuneigung in die Augen. „Das weiß ich doch, Liebes, und ich bin Dir sehr, sehr dankbar dafür." Janine Meierling spürte, wie die Hände ihrer Mutter zitterten. Schnell wechselte sie das Thema: „Du,

Mutti, der Anruf gestern Abend war doch wirklich merkwürdig, findest Du nicht?“ Frau Meierling zog ihre Hände abrupt zurück und antwortete schroff: „Der Mann hat sich eben verwählt, das soll doch vorkommen!“ Ehe Janine antworten konnte, schrillte die Haustürglocke lang und anhaltend. „Ich gehe schon!“ rief sie ahnungsvoll und stürmte an ihrer Mutter vorbei, bevor diese überhaupt reagieren konnte. Wie von ihr insgeheim erhofft und erwartet, stand der junge Mann vor ihr, den sie gestern unter so widrigen Umständen kennen gelernt hatte. Bewundernd betrachtete sie die athletisch wirkende, maskuline Statur, die breiten Schultern und die muskulösen Arme. Die dunkelblonden Haare fielen ihm ein wenig wirr in die hohe Stirn, während die weiche, fast feminine Form des Kinns auf einen zugänglichen und beeinflussbaren Charakter schließen ließ. Verlegen schaute er an sich herab und stammelte ein wenig unsicher: “Guten Morgen, Fräulein Meierling! Wegen gestern Abend das tut mir unendlich leid. Ich wollte Sie wirklich nicht erschrecken. Ich habe über mein Verhalten in jenem Augenblick gar nicht nachgedacht. Doch als ich die Tochter an dem Ort sah, an dem ihr Vater ermordet wurde, gingen auf einmal die Gäule mit mir durch und ich dachte....“ In diesem Moment erschien Frau Meierling hinter ihrer Tochter. Schnell drückte der Junge Mann der Studentin einen Blumenstrauß in die Hand. „Wir können uns ja heute Nachmittag gegen 15:00 Uhr am Dorfplatz treffen, dann erkläre ich Ihnen alles Weitere. Werden sie kommen?“ – „Ja, nein, ich weiß nicht!“ antwortete diese ziemlich irritiert, während der junge Mann sich bereits wieder umgedreht hatte und fast fluchtartig die Auffahrt hinunterlief. „Und nochmals Entschuldigung!“ hörte sie ihn von weitem rufen. Sie selbst stand wie angewurzelt in der Haustür und blickte dem davonstürmenden mit widerstrebenden Gefühlen nach. „Wer war das denn?“ fragte ihre Mutter neugierig. – „Auch ich habe meine kleinen Geheimnisse!“ antwortete sie knapp und ging an ihrer Mutter vorbei ins Haus zurück.

Am Ende der Auffahrt stießen die beiden Kriminalbeamten fast mit dem jungen Mann zusammen, als sie mit dem Auto in die Auffahrt zu Meierling einbogen. Dieser sprang erschrocken zur Seite und lief weiter die Dorfstraße entlang. „Mensch Karl, den hättest Du fast erwischt!“ rief Martin Blökker und tat einen tiefen Atemzug. – „Mich würde eher interessieren, wer das wohl gewesen ist. Na ja, werden wir auch noch heraus bekommen. Darüber wird uns Frau Meierling sicherlich Auskunft geben können.“

Einen Augenblick später standen die beiden vor der Haustür und klingelten. „Wer um Himmelswillen kann das denn schon wieder sein?“ fragte Janine Meierling ihre Mutter. Frau Meierling hatte indessen die Ankunft des Wagens argwöhnisch beobachtet, zögerte jedoch, die Haustür zu öffnen. – “Ich fürchte mal, das ist wieder die Polizei. Wieso lassen die uns denn nicht in Ruhe?“ - Erneut klopfte es an der Haustür. „Willst Du denn nicht die Tür öffnen, Mutti?“ fragte Janine Meierling ein wenig erstaunt. – „Uns bleibt wahrscheinlich nichts anderes übrig, „ antwortete ihre Mutter resigniert, „aber Liebes, lass mich das nicht allein durchstehen, bleib bitte bei mir, ich brauche Dich jetzt.“ – „Aber klar, Mutti, was können uns die Polizisten denn schon anhaben! Wir haben schließlich nichts zu verbergen. Oder etwa doch?“ fragte sie ihre Mutter plötzlich und war über die Frage, die ihr so spontan über die Lippen gekommen war, selbst sichtlich erschrocken. – „Natürlich nicht!“ antwortete Regine Meierling mit fester Stimme, drehte ihrer Tochter dabei aber den Rücken zu. „Und nun öffne bitte die Haustür, Liebes, wir wollen die Herren Polizisten doch nicht vor der Tür frieren lassen.“ Janine wandte sich nachdenklich der Haustür zu, als ein schon außerordentlicher verärgertes Klopfen sie zusammenfahren und in die Gegenwart zurückkehren ließ.

“Das wird auch langsam Zeit!“ wetterte Karl Jensen los als sich die Tür endlich öffnete. Dabei stampfte er pausenlos mit

den Füßen. Ob die Witterung oder aber die Ungeduld dabei der Auslöser war, konnte er sich nicht einmal selbst beantworten, als ihm dieses Fußgetrappel durch den amüsierten Blick seines Kollegen bewusst wurde.
“Tut mir leid, meine Herren, Wir wollten sie gewiss nicht warten lassen. Wir..., wir, das heißt meine Mutter und ich haben das Klingeln wohl überhört.“ Dabei überzog eine leichte Röte ihr Gesicht uns sie blickte ein wenig verlegen zur Seite. „Es ist doch schön, dass nicht alle Menschen schon so abgebrüht sind, dass sie ohne Schamgefühl das Blaue vom Himmel lügen können“, dachte Martin Blöcker bei sich und schmunzelte vor sich hin. Sein Kollege blickte ihn ein wenig verärgert an, da er diese Geste immer noch mit den vorherigen Fußstampfen verband. Mit entsprechendem Tonfall begann er das Gespräch mit Janine Meierling. „So, so, junge Dame, sie sind also die Tochter des Hauses! Wissen sie eigentlich, dass wir sie schon seit Tagen wie die berühmte Stecknadel im Heuhaufen suchen. Über Radio und Tageszeitung haben wir sie gebeten, sich mit uns in Verbindung zu setzen. Aber das hatten sie natürlich nicht nötig. Schön, sie endlich einmal kennen lernen zu dürfen. Ich nehme an, sie haben nichts dagegen wenn wir eintreten. Ich kenne den Weg!“
Janine Meierling fühlte sich von diesem barschen Verhalten schon ein wenig brüskiert und angegriffen. „Fühlen sie sich bei uns nur wie zu Hause, Herr Kommissar, wenn sie es dort nicht nötig haben, die Schuhe abzuputzen, brauchen sie es bei uns selbstverständlich auch nicht!“ Karl Jensen blickte hinter sich und betrachtete die breiten, dreckigen Fußspuren, die er auf den hellen Fliesen des Flurs hinterlassen hatte. „Tut mir leid, das habe ich nicht gewollt,“ antwortete er zerknirscht. „Aber sie hätten sich in der Tat bei uns melden können!“ versuchte Martin Blöcker das vermeintlich verlorene Terrain wieder zurückzuerobern. Doch Janine Meierling ließ sich nicht wieder

ins Bockshorn jagen und stemmte angriffslustig ihre Hände in die Hüften. „Lieber Herr Kommissar, ich gehöre zu den wenigen glücklichen Menschen, die ein gutes Buch einer anderen Form von Information in unserer sogenannten high-tech-Kommunikationsgesellschaft vorziehen. Einen Fernseher besitze ich ebenso wenig wie ein Radio und die Tageszeitungen mit ihren sensationslüsternen Mord- und Sexgeschichten oder dem ganzen politischen Tralala interessieren mich sowieso nicht." Karl Jensen betrachtete die junge Frau neugierig und nahm sie jetzt erst als Persönlichkeit wahr. – "Ein charaktervoller Mensch mit ganz eigenen Wertvorstellungen", dachte er beeindruckt.
„Wer war eigentlich der junge Mann, dem, wir hier auf dem Weg begegnet sind?" fragte er bereits ein wenig besänftigter. – „Würden sie mir glauben, wenn ich Ihnen sage, dass es sich um einen flüchtigen Bekannten handelt, dessen Namen ich selbst nicht kenne? Ich bin aber sicher, dass er vor dem Mord nicht einmal den Namen meines Vaters kannte."
Karl Jensen begnügte sich vorerst mit dieser nichtssagenden Antwort, zückte jedoch sein Notizbuch, um einen kurzen Vermerk einzutragen. „Und wie haben sie von der Ermordung Ihres Vaters erfahren?" fragte Martin Blöcker dienstbeflissen. – „Meine Mutter rief mich an und erzählte mir diese furchtbare Tragödie." – „Wann hat ihre Mutter sie angerufen?" mischte sich Kommissar Jensen wieder ins Gespräch. – „Gleich nachdem sie mich über den gewaltsamen Tod meines Mannes informiert hatten!"
Alle fuhren erschrocken herum und starrten auf Frau Meierling, die sich im Türrahmen breitbeinig postiert hatte. „Sie wollen Ihre Unterhaltung doch sicherlich nicht im Flur fortführen! Kommen sie doch bitte mit ins Wohnzimmer, meine Herren. Janine, Liebes, willst Du wohl so nett sein und uns allen eine Tasse Kaffee bringen."
Während diese in die Küche eilte, um das Erbetene zu holen,

führte ihre Mutter die Kriminalbeamten in die Stube und nahm selbst in einem der wuchtigen, dunklen Ledersessel Platz. „Setzen sie sich doch, meine Herren, wie laufen Ihre Ermittlungen? Haben sie schon irgendwelche Verdachtsmomente?“ Karl Jensen glaubte neben der Neugierde so etwas wie Furcht in ihrer Stimme zu entdecken. Doch bevor er antworten konnte, servierte Janine den dampfenden Kaffee, der mit seinem wohltuenden und gleichzeitig anregenden Duft den Raum füllte. Als Karl Jensen dann noch den benutzten Aschenbecher entdeckte, war die Welt für ihn fast wieder in Ordnung. Flugs zündete er sich eine Zigarette an, lehnte sich in seinem Sessel zurück und schlürfte genießerisch in kleinen Schlucken den heißen Kaffee. Nach dieser kurzen, schöpferischen Pause richtete er das Wort an Janine Meierling: „Auch sie scheinen mir, einmal vorsichtig ausgedrückt, nach dem unerwarteten Tod Ihres Vaters eher gefasst zu wirken, Fräulein Meierling.“ Diese blickte ihn für einen Augenblick wortlos an, als ob sie sich selbst erstmals mit ihren eigenen Gefühlen und Gedanken auseinander setzte. Dann antwortete sie langsam und nachdenklich: „Ich bin erschrocken und bestürzt, ja völlig entsetzt über das, was meinem Vater widerfahren ist und ich wünsche mir nichts mehr, als dass der Mörder so schnell wie möglich gefasst und zur Verantwortung gezogen wird. Doch, und ich empfinde es selbst als abscheulich und furchtbar skrupellos, ich kann über seinen Tod nicht weinen, im Gegenteil, ich fühle mich seitdem seltsam erleichtert.“ „Kind!“ rief ihre Mutter fassungslos dazwischen, „was redest du da für einen Unsinn!“ Fast flehend wandte sie sich an Kommissar Jensen: „Hören sie bitte nicht auf sie! Diese Tragödie kann eine solche junge Seele noch gar nicht verkraften. Sie weiß gar nicht, was sie redet.“ Kommissar Jensen ließ sich jedoch durch diese Intervention nicht beirren. „Sind sie sicher, das der Täter ein Mann war, Fräulein Meierling, oder warum sprechen sie von dem Mörder?“ Während dieser Frage fixierte er sein Gegenüber sehr genau, so entging ihm nicht der fragende, zweifelnde Blick, den die junge Studentin ihrer Mutter zuwarf. „Ja, nein, ich weiß nicht, jedoch wer anderes als ein Mann könnte Vater erschossen haben?“ – „Haben sie vielleicht einen Verdacht?“ fragte Martin Blöcker gefährlich leise. – „Einen Verdacht? Nein, wie sollte ich! Ich habe doch, seitdem ich in Kiel studiere und wohne, kaum noch Berührungspunkte zu Wessehöft. Wen könnte ich schon verdächtigen?“ Diese letzte Gegenfrage klang fast schon zu naiv. Abrupt wandte sich Karl Jensen der Mutter zu, die nervös und unruhig an ihrer Zigarette zog. „Und wie würden sie Ihr Verhältnis zu Ihrem Ehemann beschreiben, Frau Meierling?“

„Was soll ich Ihnen dazu sagen, Herr Kommissar, wir waren immerhin weit über zwanzig Jahre verheiratet!“ – „Ich glaube kaum, dass die Anzahl der Jahre entscheidend ist für die Gefühle, welche man füreinander empfindet. Wie würden sie also Ihre Beziehung zu dem Ermordeten einschätzen?“ Frau Meierling zögerte lange, bis sie sich endlich zu einer Antwort durchringen konnte. „Wissen sie, ich war damals einzige Tochter und meine Eltern legten großen Wert darauf, dass ich, wie soll ich Ihnen das sagen, nicht zu früh unliebsame Erfahrungen sammle. Meinen Mann lernte ich kennen, als er als blutjunger Architekt meine Eltern beim Umbau dieses Gebäudes beriet. Wir heirateten ziemlich überstürzt und meine Eltern fielen aus allen Wolken.“ Regine Meierling lächelte still in sich hinein, als sie sich die damalige Situation wieder ins Gedächtnis rief. Sie wirkte von Wort zu Wort immer lockerer und gelöster. Alle Zurückhaltung fiel von ihr ab und es schien, als sei sie froh, endlich mit jemanden über all die Dinge, die sie seit Jahren beschäftigten, reden zu können. Kommissar Jensen empfand diesen Drang ebenso stark wie sein Kollege und ihm kam dabei der Ausdruck „Von der Seele reden“ in den Sinn. Regine Meierling berichtete weiter: „Mein Vater warnte mich vor dem Mann, dem ich in der ers-

ten Zeit quasi verfallen war. Er hatte kurzerhand weitreichende Erkundigungen eingeholt und erzählte mir dann von dem zweifelhaften Ruf und den charakterlichen Schwächen. Damals lachte ich ihn aus, doch heut bereue ich es, nicht auf ihn gehört zu haben. Ich sage es ihnen offen und ehrlich, meine Herren, ich weine meinem Mann keine Träne nach. Er hat mich belogen und betrogen, wie so viele hier im Dorf. Jedem Rock schaute er nach und ließ keine Möglichkeit aus, mich zu demütigen. Er war ein Ungeheuer, ein Ungetüm, dem absolut nichts heilig war. Nur für eines bin ich ihm dankbar", zärtlich blickte sie auf ihre Tochter, dass er mich mit Janine beschenkt hat. Wäre sie nicht gewesen, wer weiß, zu welchen Konsequenzen ich mich entschlossen hätte." Ein wenig erschöpft lehnte sie sich in dem großen Ledersessel zurück. Stumm blickten ihre Zuhörer sie an und ließen das eben Gehörte auf sich wirken.
„Wo waren sie am Abend des Mordes, Frau Meierling?" unterbrach Kommissar Blöcker die Stille. Regine Meierling richtete sich kerzengerade auf. "Wieso fragen sie das? Ich habe Ihrem Kollegen doch bereits gesagt, dass ich den ganzen Abend und auch die Nacht hier im Haus gewesen bin." – „Und wieso haben sie uns dann nicht geöffnet, als wir versuchten, sie über den Tod Ihres Mannes zu informieren?" – „Fällt Ihnen denn gar nichts Neues ein?" antwortete diese trotzig. „Ich hatte Schlaftabletten genommen! Aber auch das weiß Ihr Kollege schon, es sei denn er hat es wieder vergessen!"
Karl Jensen ließ sich jedoch nicht provozieren und fragte betont sachlich: „Nehmen sie häufiger Schlafmittel?" – „Ist das etwa verboten?" – „Natürlich nicht. Welches Mittel bevorzugen sie denn?" Regine Meierling zögerte, „äh, Valium." – „Und bei welcher Apotheke beziehen sie das Medikament?" – „Mal hier, mal da. Was geht sie das überhaupt an? Sie sollten sich lieber um die Aufklärung kümmern, als mit mir über Banalitäten zu diskutieren!" Kommissar Jensen räusperte sich umständlich.

„Frau Meierling, sie können mir schon glauben, dass wir durchaus in der Lage sind, wesentliche Fakten von den unwesentlichen zu unterscheiden. Und gerade die so genannten Banalitäten entpuppen sich häufig als entscheidende Hinweise. Zudem ist Ihnen hoffentlich klar, dass sie in keinster Weise ein Alibi vorzuweisen haben."
Regine Meierling öffnete den Mund, doch bevor ihr eine angemessene Antwort über die Lippen kam, wandte sich Kommissar Jensen bereits der Tochter zu. „Und nun zu Ihnen, Fräulein Meierling. Was taten sie am letzten Freitagabend?"
Janine Meierling, dachte angestrengt nach. „Ich glaube, ich war zu Hause und bevor sie danach fragen, sicherlich allein. Ist es nicht merkwürdig, wie die Tage an einem vorübergleiten, ohne dass man sie bewusst zur Kenntnis nimmt?" – "Das ist in der Tat ein wenig mager, was sie uns da präsentieren", resümierte Kommissar Blöcker. – „Warten sie, doch, das war am Freitag. Ich las gerade ein spannendes Buch und bekam plötzlich Hunger. Ich setzte mich also in mein Auto und fuhr zum Italiener in die Rosenstraße. Unterwegs bemerkte ich dann, dass ich mein Portemonnaie zu Hausse gelassen hatte und drehte recht wütend wieder um. Wieder in meiner Wohnung angekommen, war der ganze Pizzahunger vergangen und ich begnügte mich mit dem letzten schon recht verschrumpelten Apfel. Genügt Ihnen das?"
„Hat sie vielleicht jemand gesehen, als sie aus dem Haus traten oder während der Fahrt?" – „Nein, ich glaube nicht, bei dem plötzlich einsetzenden Schneesturm hätte man ja auch keinen Hund vor die Tür gejagt. Tut mir leid, meine Herren, aber wie konnte ich ahnen, wie wichtig ein Alibi für diesen Abend für mich werden könnte. Zukünftig gehe ich nur noch in Begleitung!"
"Sie können sich Ihren Zynismus sparen, Fräulein Meierling! Es wäre auch für sie von Vorteil gewesen, wenn wir sie von der

Verdächtigenliste hätten streichen können. Ich wünsche Ihnen noch einen angenehmen Tag, meine Damen."
Die beiden Kriminalbeamten erhoben sich und wandten sich zur Tür. Kommissar Jensen drehte sich plötzlich noch einmal um. "Ach, bevor ich es vergesse. Ich gehe davon aus, dass sie sich weiter zu unserer Verfügung halten." Zurück blieben zwei schweigsame, nachdenkliche Frauen.

Kapitel 16

„Gleich zwei auf einen Streich, da hat sich doch der Einsatz der Steuergelder wirklich mal gelohnt“, feixte Martin Blöcker. – „Sei bloß ruhig, für das bisschen Gehalt schlagen wir uns die Abende und meist auch noch die Wochenenden um die Ohren. Ich wüsste nicht, wo deine Steuergelder besser angelegt sein könnten!” brauste Karl Jensen erregt auf. – „Entschuldigung, Karl, das sollte doch nur ein kleiner Scherz sein!“ entgegnete sein Kollege erschrocken. – „Ja, ja, ist schon gut.“ Karl Jensen gab sich bereits wieder etwas gnädiger. – „Schlag mal gleich den Weg zu Kalübbes Hof ein. Dann wollen wir dem auch ein wenig auf den Zahn fühlen.“

„Es ist schon merkwürdig“, konstatierte Martin Blöcker, „doch bis jetzt haben wir bei fast jedem unserer Verhöre mehr oder minder starke Verdachtsmomente bei den einzelnen Personen feststellen können.“ Karl Jensen antwortete nicht, bereitete sich in diesem Moment bereits auf das Gespräch mit Johannes Kalübbe vor. „Hoffentlich müssen wir nicht wieder in den Kuhstall“, hoffte er inständig und dachte mit Schaudern und gerümpfter Nase an den letzten Besuch auf dieser Bauernstelle. Doch seine Befürchtungen bewahrheiteten sich nicht. Der Hof war menschenleer und verlassen, nur das Vieh klirrte mit den Ketten der Anbindevorrichtungen.

Unverrichteter Dinge kehrten die beiden zu ihrem Wagen zurück. Karl Jensen setzte sich auf den Beifahrersitz. „Na denn auf nach Kiel, wollen doch mal sehen, was unsere Kollegen so alles herausbekommen haben“, verkündete er erwartungsvoll und kurbelte dabei die Seitenscheibe einen Spalt herunter, um sich im selben Moment eine Zigarette anzustecken. Sein Kollege warf ihm einen bösen Seitenblick zu und hustete geradezu aufreizend. „Sag mal, muss das sein, dass du mir schon hier im Auto die Luft verpestest? Du weißt doch genau, wie allergisch ich auf diesen verdammten Qualm reagiere!" – „Was einen nicht tötet, macht einen nur noch härter", antwortete der so Gescholtene hämisch. „Zu dem zieht doch der ganze Rauch durch das Fenster ab. Zu dir kommt doch gar nichts rüber. Außerdem brauche ich das jetzt zur Stimulation meiner kleinen, grauen Zellen! Auch Hercule Poirot rauchte seine winzigen, russischen Zigaretten."

„Fragt sich bloß, wer von uns beiden den berühmte Detektiv und wer seinen leicht vertrottelten Assistenten Hastings verkörpert?", bemerkte Martin Blöcker süffisant. Karl Jensen setzte bereits zu einer deklassierenden Antwort an, entschied sich jedoch, vorab die Zigarettenasche durch das geöffnete Fenster abzustreifen. Dabei drückte er die Glut etwas zu heftig, so dass diese von der Zigarette fiel und durch den Luftzug ins Wageninnere befördert wurde. Und zwar unglücklicherweise zwischen die Beine des überzeugten Rauchers an die Stelle, die gemeinhin auch als Schritt tituliert wird. Mit einem entsetzten Aufschrei sowie einem gewaltigen Fluch fuchtelte er mit beiden Händen zwischen seinen Oberschenkeln im eifrigsten Bemühen, der sich ausbreitenden Hitze Herr zu werden.

Martin Blöcker bog sich vor Lachen und vergaß dabei fast das Lenken, so dass das Auto sich in Schlangenlinien über die Fahrbahn bewegte. Mit Hochgenuss betrachtete er das verschmorte Loch im Beifahrersitz sowie eine nicht minder imponierende Öffnung in der Hose seines Kollegen.

„Beschädigung von öffentlichem Eigentum und dann noch Selbstverstümmelung. Dein berühmter Kollege Poirot wäre wirklich stolz auf dich gewesen", rief er lachend, während ihm die Tränen über beide Wangen liefen.

„Kleine Sünden bestraft der liebe Gott eben sofort!"

Karl Jensen war immer noch hektisch damit beschäftigt, sich die letzten Glutreste von der Hose zu wischen und sie eine

Etage tiefer zu befördern. „Wirklich sehr witzig, das Ganze! Guck lieber nach vorn auf die Straße, sonst landen wir noch im Graben. Und überhaupt, du hast die Schuld mit deiner ewigen Quengelei über das Rauchen und deiner stümperhaften Fahrweise. Sieh lieber zu, dass wir heil nach Kiel kommen!"
„War ja klar, immer auf die Kleinen!", sagte Martin Blöcker betont gedehnt, feixte aber innerlich weiter. Jedoch nicht lange, denn plötzlich überholte ihn ein Wagen, der wie unschwer zur erkennen, zur Verkehrspolizei gehörte. Dieser fuhr bereits eine Weile hinter ihnen, nur hatten Martin die vorhergegangenen Ereignisse keine Zeit für einen Blick in den Rückspiegel gelassen. Einen Moment später zwang ihn die ausgestreckte Kelle zum Halten. Zwei Streifenpolizisten schritten gemessen auf den Wagen zu und mit einer lässigen Handbewegung wurde um das Herunterkurbeln der Scheibe gebeten. Bevor einer der beiden Kriminalbeamten sich ausweisen konnte, setzte einer der Polizisten bereits zur Strafpredigt an: „Ihre Fahrweise ist ja wirklich allerliebst, aber sie sitzen hier nicht in einem Auto-Scooter auf dem Jahrmarkt. Haben wohl irgendwo ein wenig gefeiert, was? Steigen Sie bitte einmal aus und pusten sie hier in die nette, kleine Röhre! Ihren Führerschein nehmen sie am besten auch gleich mit aus dem Auto. Wenn die Promillezahl, die ich bei ihnen vermute, auch nur annähernd zutrifft, brauchen sie den heute sowieso nicht mehr."
Karl Jensen fixierte während dieser ganzen Prozedur angestrengt das Gesicht dieses eifrigen Ordnungshüters. Plötzlich zuckte sein Mundwinkel stürmisch und mit einem „Ah, schon wieder sie!" sprang er aus dem Auto. Sein Gegenüber hatte ihn auch bereits identifiziert, was ihm an den roten Ohren und dem blassen Gesicht deutlich anzusehen war. „Erst lassen Sie jeden Hans und Franz an die Mordstelle, weil sie sich nicht beherrschen können", herrschte der Kriminalkommissar ihn an, „und dann belästigen sie uns auch noch hier in der Ausübung

unserer Pflicht und behindern den Gang der Ermittlungen. Das ist wohl der Gipfel!"

„Entschuldigen sie bitte, Herr Kommissar", stammelte dieser, konnte aber seine Augen nicht von dem Brandloch in der Hose wenden. Karl Jensen spürte die Blickrichtung und knöpfte wütend seinen Mantel zu. „Scheren sie sich endlich weg, wir haben zu tun", brüllte er den eingeschüchterten Polizisten an, so dass der schleunigst das Weite suchte.

Die beiden Kriminalbeamten blickten sich über das Autodach lange an, bis sie beide in ein lautes Lachen ausbrachen. „Manche Tage haben es wirklich in sich", zog Karl Jensen breit grinsend ein erstes Resümee. Im selben Moment klingelte das Handy. Martin Blöcker blickte seinen Kollegen fragend an, als dieser das Handy wieder in der Manteltasche versenkte.

„Die Schäferin!" informierte Jensen seinen Kollegen. „Fragt, wann wir zurückkommen. Möchte mit uns noch heute über den Stand der Dinge sprechen." – „Na, denn mal los!" rief Martin Blöcker und startete den Wagen.

Kapitel 17

Mutter und Tochter, jede mit ihren eigenen Gedanken beschäftigt, saßen immer noch still und schweigsam im Wohnzimmer des großen, alten Hauses. Lange sah Janine ihre Mutter an, wie diese unruhig und nervös an ihrer Zigarette zog. „Seit wann nimmst du denn Schlaftabletten, Mutti? Du hast doch sonst geschlafen wie ein Murmeltier.“ Unsicher blickte diese zu ihrer Tochter: „Eigentlich schon länger, ich wollte dich nur nicht beunruhigen. Ich weiß doch, dass du durch dein Studium besonders sensibel auf all die Barbiturate reagierst.“ Dabei senkte sie ihren Blick, um ihrer Tochter nicht weiter in die fragenden Augen blicken zu müssen.
„Mutti, was ist nur los mit dir? Willst du mir nicht endlich sagen, was dich so quält, was so unendlich an dir zehrt?“
Regine Meierling vergrub ihr Gesicht in den Händen und begann zu schluchzen: „Ich kann nicht, Liebes, noch nicht! Lass mir noch etwas Zeit. Ich weiß doch selbst noch nicht genau, woran ich bin. Wolltest du nicht wieder etwas spazieren gehen? Ich würde jetzt gern etwas allein sein. Bitte!”

Kopfschüttelnd, sich immer wieder zu ihrer Mutter umdrehend, verließ Janine Meierling, langsam und nachdenklich, das Zimmer. Ein grauenvoller Verdacht stieg in ihr hoch, nahm mehr und mehr Gestalt an und verdichtete sich zur kaum vorstellbaren Erkenntnis.
„Lieber Gott, bitte nicht!“ flüsterte sie und faltete ihre Hände unwillkürlich zum Gebet.

Warm angezogen trat sie aus der Haustür und überlegte, wohin sie ihre Schritte nun lenken sollte. Der Himmel zeigte sich in einem prachtvollen Blau, nur ab und zu durchzog ein kleines Wölkchen die scheinbar unendliche Weite. Doch der Wind blies aus Ost und führte eisige Luft mit sich.

Der junge Mann würde sicherlich schon am Dorfplatz

auf sie warten. Doch was ging sie letztendlich der junge Schnösel an, der ihr einen derartigen Schrecken eingejagt hatte? Und nun bildete er sich auch noch ein, sie würde gehorsam wie ein kleines Hündchen hinter ihm herlaufen und auf Pfiff am Dorfplatz erscheinen. Schon wandte sie sich energisch der entgegengesetzten Richtung zu. Doch ebenso schnell verlangsamte sich ihr Schritt.

Die Entschuldigung, die er vorgebracht hatte und vor allem wie, war doch recht drollig gewesen. Und außerdem wäre es ziemlich interessant, ein wenig mehr von ihm zu erfahren und er sah ja auch nicht ganz schlecht aus. Damit siegte die weibliche Neugierde endgültig über den verletzten Stolz und sie schlug entschlossen den Weg zum Dorfplatz ein.

Regine Meierling hingegen schickte sich gerade an, ihren schwarzen Kaffee mit einem gehörigen Anteil Cognac zu verdünnen, sowie mit einer weiteren Zigarette zu würzen, als das Telefon klingelte. Sie griff ein wenig hektisch zum Hörer, so dass dieser ihren Händen entglitt und polternd zu Boden fiel. Über sich selbst schimpfend hob sie denselben wieder auf. „Hallo, sind sie noch dran?" Plötzlich furchte sie die ohnehin schon stark ausgeprägten Sorgenfalten auf ihrer Stirn. „Was? Du bist es? Was willst du von mir?" Während sie dem Anrufer zuhörte, erstarrte ihr Gesicht und ihr Atem ging nur noch stoßweise. „Das ist ja wohl der Gipfel! Wage es nicht! Ist schon gut, ich komme. Ich habe dir damit aber noch gar nichts versprochen, damit das von vornherein klar ist!" Wütend warf sie den Telefonhörer in die Gabel. Tränen standen in ihren Augen, als sie sich schwer in den Sessel fallen ließ. Dann trank sie, ohne auch nur einmal abzusetzen, das Kaffee-Cognac-Gemisch. Mit einem Ruck richtete sie sich plötzlich in dem Sessel auf, während sie mit beiden Händen den Kaffeebecher umklammerte, als wenn sie ihn zermalmen wollte. Sie streckte das Kinn energisch vor, ihre Augen blitzten kämpferisch. „Ich werde mich doch nicht unterkriegen lassen. Ich werde mich wehren und kämpfen“, flüsterte sie und jeder im Raum hätte die ungeheure Energie spüren können, die in diesem Moment von der kleinen, zarten Frau ausging.

Janine Meierling hingegen näherte sich neugierig dem Dorfplatz und mit einer tiefen, inneren Befriedigung nahm sie zur Kenntnis, wie ihr Schreckgespenst und Rosenkavalier unruhig auf- und abwanderte. Betont gelangweilt und mit einem fast abweisenden Gesichtausdruck schritt sie zum Dorfplatz hinunter. Die innere Genugtuung wuchs weiter, als sie aus den Augenwinkeln heraus wahrnahm, wie der junge Mann, nachdem er sie entdeckte hatte, mit langen Schritten und lachendem Gesicht auf sie zustürmte. Äußerlich ließ sie sich natürlich zu keinerlei Gemütsregung hinreißen und begrüßte ihn kühl und zurückhaltend. „Ich wagte kaum zu glauben, dass sie meiner Bitte Folge leisten würden, Fräulein Meierling. Um so mehr freue ich mich, dass sie dennoch gekommen sind. Wollen wir nicht ein Stück durch die Feldmark spazieren?” schlug er ein wenig unsicher vor.
„Eigentlich bummle ich ja nicht mit wildfremden Männern durch die Botanik. Ich kenne ja noch nicht einmal ihren Namen!“ – “Entschuldigen Sie bitte, das hatte ich in der Aufregung völlig vergessen. Ich heiße Jörg Hamann und komme eigentlich aus Husum. Jetzt studiere ich in Kiel, um später einmal als Fotograf und Reporter Karriere zu machen. Nebenbei bin ich sportlich sehr aktiv, betreibe Bodybuilding und Karate. Außerdem...“ – “Danke, danke“, unterbrach Janine Meierling den Redefluss. „Der Name hätte mir schon genügt!“
Beide gingen still nebeneinander her, bis Jörg Hamann versuchte einen neuen Gesprächsanfang zu finden. „Es ist hier alles recht weitläufig, hoffentlich verlaufen wir uns nicht!“ – „Nun hören sie mal“, brauste sie verärgert auf, „ich bin hier schließ-

lich aufgewachsen. Ich kenne hier jeden Weg und Steg!“ “Verzeihen sie, ich wollte sie wirklich nicht kränken. Glauben sie mir bitte, ich bin sonst nicht so ungeschickt und undiplomatisch im Umgang mit anderen Menschen, aber bei ihnen mache ich einfach alles falsch.“ Diese Äußerung klang derartig frustriert und zerknirscht, dass Janine Meierling unwillkürlich laut auflachen musste. „Wenn sie lachen, sind sie noch mal so hübsch, direkt zum Verlieben!“ rief er unbewusst und spontan aus.
Diese blickte ihn aus großen, verwunderten Augen an, errötete bis in die Haarspitzen, widersprach aber nicht. Dadurch ermuntert, begann der junge Student, seine lange einstudierte Entschuldigung wegen des gestrigen Vorfalls aufzusagen. Doch Janine Meierling unterbrach ihn bereits nach wenigen Worten. „Nun lassen sie mal gut sein. Das ist doch alles Schnee von gestern. Aber damit sie beruhigt sind, ich nehme Ihre Entschuldigung hiermit offiziell an und jetzt Schwamm drüber. Übrigens, wir beide sind Studenten und ich wundere mich eigentlich, dass wir uns noch nie in Kiel begegnet sind, weder auf dem Campus noch in irgendeiner Kneipe. Und Studenten duzen sich eigentlich. Also, ich heiße Janine und du, alles klar?“ Damit war der Bann endgültig gebrochen und beide spazierten munter plaudernd den schmalen Feldweg entlang. Dabei blickte einer den anderen ab und zu verstohlen an und rein zufällig hakte sich Janine irgendwann bei ihrem Begleiter ein, was ihn dazu veranlasste, ihren Arm fest an sich zu drücken.
Bald erreichten sie das Haus der Familie Callsen, vor dem Jörg Hamann erstaunt stehen blieb. „Mein Gott, was für ein verfallenes Gemäuer. Leben hier etwa noch Menschen drin oder stehen wir vor dem Spukschloss der Gemeinde?“ – „Eher wohl das Hexenhaus oder hast du schon einmal ein reetgedecktes Schloss gesehen?“ scherzte Janine Meierling. In diesem Moment trat der junge Callsen um die Hausecke, sah die beiden Spaziergänger und winkte herüber. „Hallo Janine, auch mal wieder im

Land? Tut mir wirklich leid, was mit Deinem Vater passiert ist!" Dann fasste er sich mit Daumen und Zeigefinger an die Nasenwurzel, als wenn er sich über seine weiteren Gedanken erst klar werden müsste, winkte noch einmal kurz und trat dann wieder ins Haus.
Durch den fragenden Blick ihres Begleiters sah sich die eben Angesprochene zu einer Erklärung genötigt. „Das war Rüdiger Callsen, er wohnt hier mit seinen Eltern. Sein Vater ist Gelegenheitsarbeiter hier im Dorf. Ein furchtbarer Mensch. Das wenige, das er verdient, schleppt er gleich in den Dorfkrug, um es zu versaufen oder zu verspielen. Rüdiger dagegen ist eigentlich ein feiner Kerl. Er ist so ganz anders als sein Vater. Sparsam, fleißig, manchmal ein wenig jähzornig, wer würde das aber nicht werden in diesem Milieu. Er arbeitet in Kiel als Krankenpfleger, lebt aber sonst sehr zurückgezogen hier in der Kate und geht seiner Mutter aufopfernd zur Hand. Übrigens ist der alte Callsen seit geraumer Zeit spurlos verschwunden. Wäre das keine Story für dich? Tagelöhner auf Sauftour wiedergefunden. Damit könntest du dich gleichzeitig als Detektiv profilieren, musst nur sämtliche Kneipen der Umgebung abklappern." „Als Reporter ist man häufiger gezwungen, sich Informationen aus derartigen Kreisen zu besorgen", entgegnete dieser ernsthaft. „Ich suchte sogar schon Etablissements im so genannten Rotlichtmilieu auf, sozusagen als Grundlagenforschung", ereiferte er sich mit einem fast noch kindlichen Stolz. – „Und darauf bist du scheinbar noch stolz, was? Wir sollten besser das Thema wechseln", konstatierte Janine Meierling trocken. Sie löste sich von ihm und schritt energisch voran. Die nächsten 15 Minuten marschierten beide schweigend nebeneinander her. Plötzlich duckte sich Janine und führte ihren Zeigefinger warnend zum Mund. „Wir kommen gleich an unseren kleinen Teich. Vater holte dort jedes Jahr unseren Weihnachtskarpfen heraus. Um diese Zeit schwimmen meist viele Wildenten und Blesshühner darauf. Wir

wollen uns einmal vorsichtig anpirschen."
Leise schlichen sie immer dichter an den mit Schilf und Binsen bestandenen Teichrand heran. Doch Jörg Hamann streckte bereits auf halben Wege seinen Kopf unvorsichtigerweise zu weit hervor, um einen besseren Einblick zu gewinnen. Mit lautem Angstgeschnatter stoben einige Enten davon, dass es platschte und rauschte. Missbilligend schaut ihn Janine an. „Na, zum richtigen Jäger fehlt ja noch so einiges!" – „Ich freue mich schon auf die gemeinsamen Übungsstunden mit dir", antwortete er ein wenig anzüglich, erntete jedoch nur eine herablassende Handbewegung. „Im Sommer ist dies bestimmt ein lauschiges Plätzchen", dachte er sich, während er mit leicht verklärtem Blick den Teich betrachtete.
Plötzlich fiel sein Augenmerk auf einen auffallend bunten Fleck am anderen Ufer. „Schau mal, da hat einer seine Altkleidersammlung ökologisch doch recht verantwortungslos entsorgt." - „Das schaue ich mir doch mal ein wenig genauer an", rief Janine Meierling abenteuerlustig und stapfte am Ufer entlang. Jörg Hamann blieb nichts anderes übrig, als ihr zu folgen. Die Studentin bog einige überhängende Zweige auseinander um einen besseren Einblick zu erlangen. Plötzlich schrie sie laut auf und taumelte schockiert nach hinten. Dabei verfing sich ihr Fuß im Wurzelwerk der Böschung und sie fiel in die Arme von Jörg Hamann, an den sie sich voller Entsetzen klammerte. „Das..., das ist eine Leiche!" stammelte sie.
„Das ist Hermann Callsen!"

Kapitel 18

Zur selben Zeit saßen die beiden Kommissare Jensen und Blöcker gemeinsam mit ihrer Chefin, Frau Oberkommissarin Schäfer, im Besprechungsraum der Kieler Kripo und diskutierten über den aktuellen Ermittlungsstand im Fall Meierling. Oberkommissarin Schäfer trug eine beigefarbene Bluse mit einer Vielzahl von kleinen und großen Rüschen, die ihren ohnehin schon opulenten Busen noch stärker zur Geltung brachten. Beide Herren starrten denn auch relativ unverblümt und ungeniert auf den voluminösen Rüschenberg, was die Oberkommissarin unverkennbar mehr und mehr aus der Fassung brachte. Sie deutete dieses Verhalten als eine nicht hinnehmbare Entgleisung der männlichen Hormone, die sie nicht geneigt war zu akzeptieren, obwohl sie sich in ihrer Weiblichkeit schon ein wenig geschmeichelt fühlte.
„Was starren sie mich eigentlich so an?“ fuhr sie die beiden Kommissare an. „Gibt es etwas Besonderes zu sehen?“ – „Frau Schäfer“, begann Karl Jensen ein wenig unsicher, „es ist nur, sie, sie haben etwas auf ihrer Bluse.“ – „Auf meiner Bluse, was meinen sie denn?“ fragte sie irritiert und sah aufmerksam an sich herunter, konnte aber keinen, der ihrerseits vermuteten, Kaffeeflecken entdecken. „Nein, nein“, setzte Karl Jensen wieder an, „ein wenig höher, zwischen den Rüschen! Könnte vielleicht ein Keks sein oder eine Pommes.“ „Na, ein Speiserest eben“, versuchte Martin Blöcker die Dinge ein wenig unverbindlicher zu formulieren. „Pommes? Keks? Speiserest?” Oberkommissarin Schäfer schien tief erschüttert und wühlte fahrig mit den Händen in den Rüschen herum, bis wirklich ein länglicher, trockener Keks auf den Besprechungstisch purzelte. Ihr Gesicht färbte sich puterrot, während sie einige kaum verständliche Worte wie „keine Zeit zum Mittagessen, immer diese Hektik“, stammelte. Doch Frau Schäfer wäre nicht sie selbst gewesen, wenn sie

nicht auch derartigen Ausnahmesituationen voll und ganz gewachsen wäre. „Die kluge Frau sorgt eben immer vor, meine Herren!“ erklärte sie feinsinnig. „Doch wie wäre es, wenn sie sich jetzt wieder unserem Fall zuwenden würden und mich über den aktuellen Stand Ihrer Untersuchungen informierten. Gibt es inzwischen erhärtete Verdachtsmomente gegen die ein oder andere Person?”

Karl Jensen räusperte sich aufmerksamkeitsheischend und begann mit seinem Bericht: „Die Ehefrau des Ermordeten, Regine Meierling, haben wir jetzt zweimal verhört. Die Ehe scheint nur noch pro forma bestanden zu haben. Auch schien der Ermordete im Dorf für seine Eskapaden berühmt berüchtigt gewesen zu sein. Da scheint mir doch ein mögliches Motiv zu liegen. Frau Meierling schien vom plötzlichen Ableben ihres Göttergatten nicht sonderlich berührt worden zu sein. Sonderbarerweise brachte sie unsere Nachricht zuerst mit ihrer Tochter in Verbindung und fiel dabei fast in Ohnmacht. Die ist übrigens inzwischen bei ihrer Mutter in Wessehöft aufgetaucht, doch davon später.“

„Existieren eventuell auch finanzielle Motive?“ fragte die Oberkommissarin nüchtern und sachlich.

„Allem Anschein nach nicht“, setzte Jensen seinen Bericht fort. „Der Hof gehört ihr, wie auch die Ländereien, die sie an verschiedene Bauern verpachtet hat, so dass sie über eigene Einkünfte verfügt. Eine Lebensversicherung oder etwas Ähnliches zu ihren Gunsten besteht nach unseren bisherigen Erkenntnissen auch nicht. Frau Meierling ist jedoch hochgradig nervös und verunsichert. Ich gehe jede Wette ein, dass sie uns so einiges verschweigt. Ein aussagekräftiges Alibi kann sie uns auch nicht bieten. Für mich erscheint sie damit absolut verdächtig und hier sollten wir auf jeden Fall am Ball bleiben.”

Oberkommissarin Schäfer nickte zustimmend. „Aus meiner Sicht wäre die Dame eigentlich fällig für eine Vorla-

dung hier ins Präsidium. Vielleicht trägt das hiesige Ambiente dazu bei, Frau Meierling ein wenig aus der Reserve zu locken. Was meinen Sie, meine Herren?" Beide nickten zustimmend. „Ich werde gleich morgen früh alles Notwendige veranlassen", konstatierte Kommissar Jensen.
„Damit hätten wir Frau Meierling erst einmal verarztet" resümierte Frau Schäfer, „und die Tochter hält sich jetzt bei ihrer Mutter in Wessehöft auf?" – „Ja", antwortete Martin Blöcker, „wir trafen sie im Haus an, als wir Frau Meierling verhören wollten. Janine Meierling, eine typische Vertreterin der heutigen Jugend. Sie gab sich dreist, vorlaut und frech. Vielleicht handelte es sich jedoch auch nur um den Versuch, die eigentlichen Fakten zu vertuschen, denn ihr Alibi lässt wahrlich mehr als zu wünschen übrig."
„Hier muss ich dann doch intervenieren", schaltete Jensen sich in den Bericht des Kollegen ein, „Du hast zwar in Sachen Alibi völlig recht, denn das ist wirklich dürftig, doch sie hat meiner Auffassung nach Stil und eine eigene Vorstellung darüber, wie sie ihr Leben gestalten möchte. Und das hebt sie zweifellos aus der grauen Einheitsmenge der meisten Menschen hervor. Ich empfinde sogar eine gewisse Hochachtung und Respekt vor diesem jungen Mädchen." Martin Blöcker blickte seinen Kollegen erstaunt an und schüttelte dann wortlos den Kopf. „Na, dich hat sie anscheinend wirklich stark beeindruckt", lächelte Oberkommissarin Schäfer amüsiert. „Das soll nicht heißen, dass ich Janine Meierling von der Liste der Verdächtigen streiche", korrigierte Karl Jensen das eben skizzierte Bild. „Ganz im Gegenteil. Das Verhältnis zu ihrem Vater schien sehr stark belastet zu sein, während die Beziehung zu ihrer Mutter inniger nicht sein könnte. Sie wirkt impulsiv und wird einen einmal gefassten Entschluss umsichtig und planvoll umsetzen. Ich halte sie durchaus für fähig, eine derartige Beziehungstat zu begehen, um ihrer Mutter zu helfen. Janine Meierling ist ebenso tatverdächtig wie

ihre Mutter. Auch sie sollten wir deshalb vorladen." Oberkommissarin Schäfer und auch Kommissar Blöcker schlossen sich diesem Votum vorbehaltlos an.
„Als Hauptverdächtiger drängt sich derzeit jedoch Alwin Olsen förmlich auf", setzte Blöcker die Ausführungen seines Kollegen fort. Aufmerksam und neugierig schaute Oberkommissarin Schäfer von ihren eben noch vorgenommenen Notizen auf. „Martin hat völlig recht. Es hätte nicht viel gefehlt und wir hätten ihn vorläufig festgenommen." Oberkommissarin Schäfer legte wie gebannt ihren Kugelschreiber auf den Konferenztisch: „Ach, ja, das ist ja interessant! Und warum nahmen sie dann doch Abstand davon?" - „Sehen Sie, sein ganzer Charakter prädestiniert ihn für diesen Mord. Alwin Olsen ist jähzornig und neigt zu cholerischen Anfällen. Bei der Befragung fiel auch das Stichwort Jagd und ich befürchtete bereits, er würde auch auf uns losgehen. Stefan Meierling hat ihn scheinbar bei der Neuverpachtung der Jagd schändlich hintergangen und betrogen und das wird Olsen ihm nie verzeihen. Das Motiv ist damit mehr als gegeben und ich halte es durchaus für möglich, dass Olsen beobachtete, wie Meierling zum Hochsitz fuhr, ihm wutentbrannt folgte, die Konfrontation suchte und den Mann, der ihn so offenkundig belogen und betrogen hatte, kurzerhand erschoss. Zudem ist er laut Waffenbesitzkarte Eigentümer eines Revolvers mit dem entsprechenden Kaliber. Und die ist ihm angeblich aus seinem Waffenschrank entwendet worden und nicht mehr auffindbar."

Oberkommissarin Schäfer erfasste eine gewisse Hektik. „Das könnte wirklich unser Mann sein!" rief sie erwartungsvoll aus. „Was liegt sonst gegen ihn vor? Gibt es weitere Indizien, die auf ihn deuten?"
„Alwin Olsen ist in der ganzen Umgebung berühmt berüchtigt für seine Schlägerallüren auf Feuerwehrbällen oder anderen Festivitäten. Besonders wenn er unter Alkoholeinfluss steht,

sucht er geradezu den Streit. Dabei ist er auch bereits mit der einen oder anderen Polizeistreife, ich möchte mal sagen, auf Tuchfühlung gegangen. Entsprechende Vorstrafen wegen Widerstand gegen die Staatsgewalt krönen seine Karriere auf diesem Gebiet. Es sei fairerweise aber auch gesagt, dass er überall als fleißiger und engagierter Landwirt gilt, dem sein Vieh über alles geht. Unser Eindruck über seinen Hof kann dies nur bestätigen. Alles sauber und adrett. Auch wird ihm unter den Bauern des Dorfes eine kolossale Hilfsbereitschaft nachgesagt. Einer Bitte um Unterstützung oder Hilfeleistung kommt er stets nach, so lange jedenfalls, wie er nüchtern ist."

Oberkommissarin Schäfer nickte Karl Jensen anerkennend zu.

„Vielen Dank für ihre knappe und exakte Charakterbeschreibung, Herr Jensen." – „Wir haben bei unserem vorherigen Besuch die Stiefel konfisziert. Der Abgleich mit den Fußspuren, die wir am Tatort sicherstellen konnten, liegt mir nun vor!" Frau Schäfer und Karl Jensen richteten sich ruckartig von ihren Stühlen auf. „Ja und Martin? Spann uns doch nicht so auf die Folter!" Kommissar Blöcker genoss sichtlich die ungeteilte Aufmerksamkeit, die ihm so offenkundig zu Teil wurde. „Die Abdrücke sind absolut identisch!" –„Also war Olsen am Tatort!" erwiderte Oberkommissarin Schäfer etwas atemlos. „Endlich liegt also ein konkreter Beweis vor, mit dem wir ihn festnageln können!"

„Ich möchte Ihnen zwar nicht die gehobene Stimmung verderben, Frau Schäfer, doch ich sehe die Sachlage dann doch etwas skeptischer", mischte sich Karl Jensen in die allgemeine Euphorie ein. „Zum einen finden sie diese Stiefel und die entsprechende Größe in fast jedem zweiten Kuhstall der Umgebung. Und selbst wenn eindeutig feststehen würde, dass es sich um exakt seine Stiefel handelte, deren Abdrücke wir beim Tatort vorgefunden haben, können wir damit noch nicht beweisen, dass auch Alwin Olsen der Träger war.“ - „Sie haben Recht, Jensen“, erklärte Oberkommissarin Schäfer nachdenklich. „Diese Alternative sticht doch aber direkt ins Auge. Alwin Olsen besaß ein handfestes Motiv und zudem eine Waffe mit dem zutreffenden Kaliber. Auch seine Mentalität lässt die Tat möglich erscheinen und als Krönung finden wir noch die Abdrücke seiner Schuhe. Für mich steht damit der Mörder fest. Unsere Aufgabe ist es nun, genügend Beweise zu beschaffen, um ihn eindeutig zu überführen. Was ist mit seinem Alibi? Und, warten Sie mal!” Frau Schäfer blätterte geschäftig in der Ermittlungsakte: „Hier steht es doch! Was ist mit dem Feuerzeug, das in der Nähe des Tatortes lag?“ - „Sein Alibi ist mehr als schwach“, gestand Kommissar Jensen ein. „Angeblich befand er sich zur Tatzeit auf seinem Hof. Die einzige, die das bestätigen könnte, ist jedoch seine Frau. Ihre Miene bei der Befragung sprach allerdings eine andere Sprache. Ich glaube es jedenfalls nicht. Was meinst Du, Martin?” Dieser nickte bestätigend mit dem Kopf. „Der ist überall gewesen, nur nicht zu Hause!“ Dann brachte er das Gespräch auf das Feuerzeug. „Alwin Olsen ist Raucher. Das wissen wir durch seine Frau. Die Fingerabdrücke, die wir auf dem Feuerzeug gefunden haben, sind leider so gut wie unbrauchbar. Es sind einfach zu viele für einen so kleinen Gegenstand. Durch die ganzen Überlagerungen ist ein einzelner Abdruck nicht zu lokalisieren. Das bringt uns also nicht weiter. Auch stimmen die Initialen nicht mit seinen Anfangsbuchstaben überein. Doch die Frage ist, ob das Feuerzeug überhaupt etwas mit dem Mord zu tun hat. Es wäre doch immerhin möglich, dass ein Spaziergänger oder eine andere Person das wertvolle Stück verloren hat. Eines steht jedoch fest. Der - oder diejenige wird sich fürchterlich geärgert haben!“ Karl Jensen blickte auf und verspürte gleichzeitig ein mächtiges Verlangen, sich selbst eine Zigarette anzuzünden. „Was ist denn so besonderes an diesem Feuerzeug?“ – „Du

wirst lachen Karl, es ist tatsächlich wertvoll. Mindestens 50 Jahre alt und dazu noch vergoldet. Man könnte fast von einer Art Antiquität sprechen.“ – „Einer Antiquität?“ Karl Jensen runzelte nachdenklich die Stirn und verfiel in eine schweigendes Brüten. Oberkommissarin Schäfer richtete fragende Blicke auf ihn. „Was ist mit Ihnen, Herr Jensen? Was geht Ihnen durch den Kopf?“ - „Ich weiß nicht, Frau Schäfer. Irgendwo gehört das Feuerzeug hin. Ich weiß das, weil ich es dort nicht gesehen habe, wo es eigentlich hin- gehört. Ich weiß aber nicht mehr, wo es war.”
Sowohl Oberkommissarin Schäfer als auch Kommissar Blöcker maßen ihn mit Blicken, die Bände sprachen. Sie schienen offensichtlich an dem Geisteszustand ihres Kollegen zu zweifeln. Für einen Moment herrschte eine betretene Stille im Raum. Oberkommissarin Schäfer räusperte sich laut: „Na, ja, sei es wie es will. Meine Herren, ich wünsche, dass sie das Ehepaar Olsen gehörig in die Zange nehmen. Wie gesagt, für mich ist er der Hauptverdächtige. Oder haben sie noch mehr Verdächtige auf Lager?“
„Wir dürfen natürlich nicht den großen Unbekannten vergessen“, ergriff Martin Blöcker die Initiative. Stefan Meierling besaß nach unseren Recherchen eine Menge Feinde. „Wir sollten uns daher mit unseren Ermittlungen zum jetzigen Zeitpunkt noch nicht zu sehr einengen.“
Karl Jensen erwachte wie aufs Stichwort aus seiner Trance und stimmte seinem Kollegen eifrig zu. „Das meine ich auch. Besonders dem Kalübbe sollten wir noch einmal auf den Zahn fühlen. Und vor allem seine Stiefel sowie seine Waffenbesitzkarte eingehend in Augenschein nehmen. Er war eigentlich der einzige, der Stefan Meierling in den höchsten Tönen lobte. Allein das macht ihn schon verdächtig.“ Martin Blöcker schmunzelte. „Dann hast du wohl die Kuhstallvisite noch nicht vergessen, was?“ Karl Jensen winkte unwillig ab. „Nee, nee, das meine ich

nicht, ich verlasse mich da ganz auf meine Nase." – „Gerade das wollte ich doch damit sagen!" lachte Martin Blöcker aus vollem Hals. Karl Jensen setzte gerade an, verärgert zu erwidern, da mischte sich Frau Schäfer in das Gespräch ein. „Ich weiß zwar nicht, wovon sie sprechen, meine Herren, es interessiert mich aber auch nicht sonderlich. Ich glaube, wir sind einen großen Schritt vorangekommen. Lassen sie mit dem Ermittlungsdruck nicht nach. Ich stimme ihnen zwar zu, dass wir weiterhin in alle Richtungen ermitteln sollten, doch konzentrieren sie sich bitte verstärkt auf Alwin Olsen. Ich danke ihnen, meine Herren." Oberkommissarin Schäfer erhob sich bereits aus ihrem Stuhl, als plötzlich das Telefon klingelte. Karl Jensen griff zum Hörer. Einen Augenblick lauschte er dem Anrufer, dann straffte sich seine Haltung. Ohren und Gesicht färbten sich rot. Erregt legte er auf. „Sie haben den alten Callesen gefunden. In einem kleinen Teich nicht weit von seiner Hütte ertrunken. Der Erkennungsdienst ist schon unterwegs. Und rate mal, wer ihn gefunden hat! Darauf kommst du nie! Janine Meierling und ihr neuer Wegbegleiter. Jörg Hamann heißt er! Komm, Martin, wir müssen sofort hinterher." Ehe die Oberkommissarin sich versah, befand sie sich allein im Raum.

Kapitel 19

Nach dem Weg zum Leichenfundort brauchten die beidem Kommissare nicht lange zu fragen, denn ganz Wessehöft war auf den Beinen und bewegte sich zielstrebig in eine Richtung. „Schau dir dieses sensationslüsterne Volk an“, bemerkte Karl Jensen mit leichter Bitterkeit in seiner Stimme. Martin Blöcke nickte nachdenklich. „Und dann die erwartungsvollen Gesichter. Für die gibt es doch nicht Belebenderes als eine handfeste Tragödie!“ Sie erreichten die Absperrung, an der zwei Polizisten alle Mühe hatten, die Schaulustigen von der Unglücksstelle fern zu halten. Nach kurzer Begrüßung wandten sich die beiden Kripobeamten zielstrebig dem Leiter des Erkennungsdienstes, Uwe Jochimsen zu, der sich gerade über die Leiche beugte und sie einer ersten fachmännischen Inaugenscheinnahme unterzog. Dabei war er so in die Untersuchung vertieft, dass er das Erscheinen der beiden Kripobeamten gar nicht bemerkte. – „Na, Uwe, so schön ist Hermann Callsen als Wasserleiche auch nicht anzusehen, dass du für uns nicht einmal einen kurzen Blick übrig hast.“ begrüßte Karl Jensen seinen alten Weggefährten und klopfte ihm dabei kräftig auf die Schulter. Dieser fuhr erschrokken hoch.

„Moin, Karl, wieso kommt ihr eigentlich immer erst dann, wenn die meiste Arbeit bereits getan ist?“ antwortete er ein wenig mürrisch. – „Weil wir die Kopfarbeit leisten und ihr, wie soll ich sagen, für das Handwerkliche zuständig seid“, entgegnete Karl Jensen und grinste den Leiter des Erkennungsdienstes breit an. – „Na, dann will ich euch mal ein wenig zu denken geben. Bin mal gespannt, was für ein Unsinn dabei herauskommt!“ setzte Uwe Jochimsen das kleine private Geplänkel amüsiert fort.

„Hermann Callsen liegt bereits ein wenig länger im Wasser. Er ist zweifelsohne ertrunken. Auffällig sind einige Druckstellen und Schürfwunden, die auf einen Sturz schließen lassen!“

– „Also scheint alles auf einen Unfall ohne Fremdeinwirkung hinzudeuten,“ resümierte Martin Blöcker.
„Diese Schlussfolgerung wäre voreilig.“ setzte Uwe Jochimsen seinen Bericht fort, wobei er Martin Blöcker wegen dessen, aus seiner Sicht unangemessener, Unterbrechung strafend anblickte. „Wir müssen die Verletzungen erst einmal eingehender analysieren, um diesbezüglich Konkreteres sagen zu können. Vor allem diese leichten Druckstellen um die Mundgegend erscheinen mir doch sehr fragwürdig. Näheres, wie üblich im Laufe des nächsten Tages, meine Herren! Ach übrigens, fast hätte ich es vergessen. Hermann Callsen trug ein Handy bei sich. Aber auch dazu später mehr. So, nun fangt mal an mit Eurer Kopfarbeit!“
„Mensch, Karl,“ rief Martin Blöcker aus, „ich hab' doch mit dem Callsen gesprochen, der und ein Handy, das glaube ich einfach nicht!“ – „Wir werden ja sehen.“ wiegelte Karl Jensen ein wenig geistesabwesend ab und blickte nachdenklich auf die weit aufgerissenen Augen des Toten. „Schau dir das Gesicht an, Martin, es zeigt keinerlei Furcht oder Entsetzen. Nur maßloses Erstaunen und Überraschung. Wie bei Meierling!”
Nun war es Kommissar Martin Blöcker, der energisch abwinkte. „Du und deine Einbildungskraft! Der Mann ist tot. Was soll dir sein Gesicht jetzt noch sagen?“ Doch Karl Jensen schüttelte langsam den Kopf und starrte in Gedanken versunken auf die sterblichen Überreste von Hermann Callsen.
Martin Blöcker wandte sich achselzuckend um und stürzte sich in die weiteren kriminaltechnischen Formalitäten.
Karl Jensen blickte ein wenig verloren und in-sich-gekehrt in die karge, kalte Februarlandschaft und schritt dabei fast unbewusst auf das alte, baufällige Gemäuer der Familie Callsen. Mitleidig schweiften seine verloren wirkenden Augen über das wie ein Schweizer Käse wirkende Reetdach, über die klappernden, verrottenden Holzfenster und über die roten Backsteine,

aus deren Fugen der Mörtel rieselte.
Doch plötzlich hielt er inne, erkannte das vor dem Haus kauernde Pärchen und ging dann zielstrebig auf dieses Szenario zu. Er registrierte Janine Meierling und ihren neuen Freund, die eng aneinander geschmiegt auf den kalten Pflastersteinen neben der kleinen Eingangstür saßen, hörte das leise Wimmern und nahm durchaus zur Kenntnis, dass sich der junge Mann in der Rolle des jugendlichen Helden gefiel und die Situation auch bei all dem Schrecken sichtlich genoss. Keine zehn Meter entfernt hielt Rüdiger Callsen seine laut weinende Mutter in den Armen, streichelte ihr sanft über das graue, schüttere Haar, wobei sein Gesicht wie erstarrt schien und sein hünenhafter Körper seine Mutter fast vollständig verbarg. Kommissar Jensen blickte ein wenig bewundernd auf den athletischen jungen Mann und strich sich ein wenig beschämt über seinen eigenen Bauchansatz. Erschreckt zuckte Rüdiger Callsen zusammen als der Kripobeamte dicht an ihn herantrat und sich auffällig räusperte.
„Frau Callsen, es tut mir furchtbar leid um ihren Mann. Können wir irgendetwas für sie tun?“
Schluchzend, zu keiner Antwort fähig, blickte die alte, verhärmte Frau den Kommissar an und alles Leid dieser Welt war in ihren Augen zu lesen.

„Entschuldigen sie bitte meine Mutter, Herr Kommissar, aber die Nachricht hat sie einfach wie ein Blitz getroffen. Sie hat Hermann wirklich geliebt!“ Dabei schüttelte er fast ungläubig den Kopf.

„Ja“, dachte Karl Jensen, sie hat ihren Mann wirklich geliebt, diesen kleinen, armen, alkoholabhängigen Mann.

„Meine Mutter ist jetzt wirklich zu keiner Aussage fähig, Herr Kommissar, ich wüsste auch nicht, was sie ihnen noch sagen könnte. Wir haben nichts von Hermann gehört bis… bis heute. Meine Mutter hat offensichtlich einen Schock erlitten. Ich würde sie gern ins Haus bringen, um ihr eine Beruhigungsspritze zu verabreichen. Morgen stehen wir ihnen gern für alle Fragen zur Verfügung."

„Eine Spritze? Sind sie Arzt?" fragte Karl Jensen ein wenig ungläubig. – „Nein, kein Arzt, aber ausgebildeter Pfleger und Rettungssanitäter", antwortete dieser über die Schulter hinweg, während er seine Mutter ins Haus führte.

„In Ordnung, Herr Callsen, bleiben sie bei Ihrer Mutter und kümmern sie sich um sie. Wir melden uns morgen." Kommissar Jensen wandte sich dem zweiten Paar zu.

„Na, Ihr beiden, euch darf man ja keine fünf Minuten aus den Augen lassen!" – „Oh, Herr Kommissar, es war fürchterlich! Diesen Anblick werde ich mein Lebtag nicht mehr vergessen", stammelte Janine Meierling. „Wir dachten, es handle sich um Altkleider, die da im Wasser schwimmen", ergänzte Jörg Hamann kleinlaut. „Wir hätten doch nie gedacht, dass..."

Im selben Moment schoss Martin Blöcker um die Ecke, bedachte die jungen Leute mit einem kurzen Kopfnicken und wandte sich sofort seinem Kollegen zu. „Du, Karl, ich habe Neuigkeiten! Wichtige Neuigkeiten!" Karl Jensen spürte plötzlich die Kälte der kommenden Abenddämmerung in sich aufsteigen und stapfte mit den Füßen auf.

„O.K., hier gibt es für heute doch nichts mehr zu tun. Außerdem sehe ich nicht ein, warum wir uns hier Erfrierungen zuziehen sollen! – Wir rücken hier ab. Sie, Frau Meierling und Herr Hamann, möchte ich gleich morgen früh um acht Uhr in meinem Büro sehen. Und du Martin erzählst mir alles Weitere im Auto. Also, meine Herrschaften, bis morgen dann!"

Kapitel 20

Nur wenige Augenblicke später saßen die beiden Kripobeamten wieder in ihrem Dienstwagen und brausten in Richtung Kiel. Martin Blöcker blätterte ein wenig umständlich in seinen handschriftlichen Notizen.

„Nun spann mich nicht lange auf die Folter, Martin! Was gibt es denn Neues?“ – „Rate doch mal, wem das Handy gehörte, das wir bei Callsen gefunden haben?“

„Martin! Nun sag’ es schon, wir sind hier nicht in einer Quizshow!“ – „Du wirst es nicht glauben, Karl. Es gehörte Stefan Meierling!“ – „Was? Das gibt es doch gar nicht!“ Vor Erstaunen riss Karl Jensen das Lenkrad herum, während er seinen Kollegen mit offenem Mund anstarrte. – „Mensch Karl, pass auf, der Straßengraben!“ rief Martin Blöcker und zerrte aufgeregt an seinem Sicherheitsgurt.

Geistesgegenwärtig riss Jensen den Wagen wieder herum. „Das gibt es doch nicht, Martin! Wie kommt der alte Mann nur an das Gerät? Wurden schon Fingerabdrücke gefunden?“

„Ja, die weiteren Untersuchungen laufen derzeit auf Hochtouren, identifizieren konnten wir sie jedoch noch nicht.“

„Wie hängt das nun wieder alles zusammen? Dieser ganze Fall wird von Tag zu Tag immer verworrener und undurchsichtiger“, konstatierte Karl Jensen, während er ein wenig hektisch in den Manteltaschen nach seinen Zigaretten und dem Feuerzeug kramte.

„Halt mal kurz das Lenkrad, Martin, ich bekomme meine Räucherstäbchen sonst nicht aus der Tasche.“ Dieser ergriff verärgert das Steuer mit der linken Hand und versuchte konzentriert, den Wagen auf der Straße zu halten. – „Nimm zumindest den Fuß vom Gas!“ schimpfte er, „sonst landen wir wirklich noch im Graben. Dass du diese verdammte Qualmerei nicht lassen kannst!“

Karl Jensen nahm die Vorhaltungen gar nicht zur Kenntnis, sondern durchwühlte immer fahriger seine Taschen. „So ein Mist, ich muss mein Feuerzeug irgendwo verloren haben. Das darf ja wohl nicht wahr sein! Und der Zigarettenanzünder funktioniert in dieser antiquierten Staatskarosse auch schon lange nicht mehr. Hast du vielleicht zufällig Streichhölzer oder etwas Ähnliches am Mann, Martin?" – „Ich? Ich habe mein Lebtag noch nicht geraucht und habe auch in Zukunft nicht vor, mir die Lungen mit Teer zu verschmieren. Was soll ich bitte schön mit Streichhölzern?"

Während Karl Jensen wieder die vollständige Kontrolle über den Wagen übernahm und dabei missmutig die Zigarette von einem Mundwinkel in den anderen schob, stutzte Martin Blöcker und schob eine Hand in die Hosentasche. Plötzlich lachte er. „Das darf ja nicht wahr sein! Weißt du, was ich aus Versehen eingesteckt habe, als wir so übereilt aus dem Büro der Schäferin gestürmt sind, um den alten Callsen zu besichtigen? Das antike Feuerzeug vom Tatort Meierling." - Karl Jensen blickte seinen Kollegen dankbar an. „Mensch Martin, wenn ich dich nicht hätte!"

Dieser reichte seinem Kollegen ein wenig widerstrebend das goldene Beweisstück. „Eigentlich sollte ich deine Sucht nicht auch noch unterstützen!"

Karl Jensen entzündete seine Zigarette, blickte auf das Feuerzeug, erstarrte und gab einen unartikulierten Laut von sich. „Mein Gott, Martin, wie konnte ich nur so begriffsstutzig sein. Weißt Du, wo dieses Feuerzeug hingehört? Ich wusste doch, wo ich es nicht gesehen habe!"

Dieser schüttelte nur verständnislos den Kopf. „ Ich weiß wirklich nicht, was du meinst, Karl."

„Hier, diese feine Ziselierung, dieses Rankenmuster. Denk doch mal an die Vitrine bei den Olsens. Der Aschenbecher darin wies doch dieselbe Verzierung auf! Wenn das Feuerzeug und dieser

Aschenbecher nicht zusammengehören, quittiere ich ab morgen meinen Dienst und lasse mich pensionieren!"
„Karl, weißt du, was das heißt? Olsen ist unser Mann!"
Karl Jensen zögerte. „Es sieht wirklich fast so aus, als wenn unsere Schäferin Recht gehabt hätte. Ruf sofort die Staatsanwaltschaft an und beantrage einen Durchsuchungsbefehl. Bei dieser Indizienlage dürfte es keine Schwierigkeiten geben. Und die beiden Olsens möchte ich im Präsidium sehen, dann werden wir ihnen mal ein wenig auf den Zahn fühlen. Zumindest kommt in diese ganze Geschichte endlich ein wenig Bewegung." Karl Jensen öffnete das Autofenster und setzte das Blaulicht auf das Wagendach, während Martin Blöcker zum Telefon griff.

Kapitel 21

Trotz der schrecklichen Erlebnisse genoss Janine Meierling, wenn auch heimlich und ganz für sich, das offensichtliche Interesse und die hingebungsvolle Zuneigung, die Jörg Hamann ihr entgegenbrachte. Noch nie war sie so sanft in so starke Arme genommen worden. Noch nie hatte einer, ausgenommen natürlich ihre Mutter, ihr so zärtlich über das Gesicht gestrichen und die Tränen von den Wangen getupft. „Würdest du mich noch nach Hause begleiten, Jörg? Mir zittern immer noch die Knie und wenn ich an Hermann Callsen denke, wie er so im Wasser trieb, mit den Augen in den Himmel starrend, läuft es mir eiskalt den Rücken herunter und mein ganzer Körper fängt wieder an zu zittern.“

Jörg Hamann ging ganz und gar in seiner Beschützerrolle auf. „Hab' keine Angst, Janine, ich bleibe bei dir, so lange du es möchtest. Keiner wird es wagen, dir ein Haar zu krümmen, das verspreche ich dir. Wozu habe ich denn all die Jahre Karate trainiert. Stütz dich auf mich, ich bringe dich heim." Dieses Angebot nahm Janine Meierling dann auch ausgiebig in Anspruch und schweigend traten die beiden eng umschlungen den Heimweg an.

Rüdiger Callsen blickte den beiden durch die trüben, zerkratzten Scheiben des Küchenfensters nach, während er seiner Mutter einen Beruhigungstee zubereitete. „Ein Liebespaar,“ dachte er und das Teewasser brodelte in dem alten Aluminiumtopf, spritzte auf die heiße Herdplatte des alten Holzofens. Es zischte und die Wassertropfen tanzten, bevor sie verdampften. Callsen registrierte es nicht einmal und schaute weiter dem jungen Paar hinterher.

Janine Meierling und Jörg Hamann erreichten die Auffahrt zum Hof und sie blickte ihm tief in die Augen. „Vielen Dank Jörg für deine Hilfe. Ich weiß nicht, was ich ohne dich getan hätte.“

„Du wärst wahrscheinlich gar nicht spazieren gegangen und hättest die Leiche folglich auch gar nicht entdeckt,“ entgegnete er und grinste dabei. – Janine lachte. „Das stimmt, demnach trägst du die ganze Schuld an diesen schrecklichen Geschehnissen und es war nicht mehr als recht und billig, deine Unterstützung in Anspruch zu nehmen.“ Plötzlich wurde sie wieder ernst und fuhr ihm mit leicht zitternder Hand über sein Gesicht. „Ich danke dir“, sagte sie knapp, doch ihre Stimme und ihre Augen sprachen mehr als tausend Worte. Er nahm sie in den Arm und küsste sie. Für einen Moment, einen langen, langen Augenblick gab es nur sie zwei auf dieser Welt.
„Komm bitte noch einen Moment ins Haus, ich möchte jetzt noch nicht allein sein,“ sagte sie mit bebender Stimme und nahm seine Hand. Sie erreichten die Eingangstür und Janine Meierling ergriff den Türdrücker, um die Tür zu öffnen. In diesem Moment flog die Tür auf und ihre Mutter lehnte an dem mit Eichenbalken umfassten Türrahmen, auf dem in altdeutscher Schrift “Vertrau auf Gott“ zu lesen stand. „Mutti, was ist mit dir?“ rief Janine erschrocken aus, als sie Ihre Mutter, leichenblass, mit rot gefärbten Händen vor sich stehen sah. „Kalübbe, dieses Schwein!“ schrie diese, schob die jungen Leute auseinander und raste wie von Furien gehetzt die Auffahrt hinunter.
„Du, Janine, ich glaube, das war Blut an ihren Händen“, stammelte Jörg Hamann. Das junge Paart starrte sich entsetzt an. „Was um Gottes Willen ist hier bloß geschehen?“ rief Janine Meierling angstvoll aus und blickte ihrer davoneilenden Mutter nach. Nun war es an Jörg Hamann die Initiative zu ergreifen. „Lass uns ins Haus gehen und nachschauen.“
Vorsichtig betraten die beiden den langen, dunklen Flur, an dessen Ende ein schwerer gusseisener Schürhaken auf dem Boden lag. Janine griff danach, doch bevor sie ihn ergreifen konnte, zog Jörg Hamann ihre Hand abrupt weg. „Fass lieber nichts an!“ flüsterte er ahnungsvoll.

Plötzlich vernahmen sie aus der Stube ein leises, gequältes Stöhnen und mit zum Zerreißen gespannten Nerven stürzten sie in den Wohnraum. Dort lag Johannes Kalübbe und wimmerte leise. Um ihn herum breitete sich langsam, aber unaufhaltsam eine Blutlache aus, sickerte aus einer großen Platzwunde am Kopf stetig auf die hellen Fliesen. Janine Meierling schlug die Hände vor das Gesicht und sackte in sich zusammen.
Jörg Hamann jedoch behielt die Nerven. Er trug das ohnmächtige Mädchen zum nächsten Sofa hin und bettete sie vorsichtig darauf. Anschließend griff er zum Telefon und benachrichtigte Notarzt und Polizei. Dann wandte er sich dem Schwerverletzten zu und versuchte krampfhaft, sich an seine letzte Erste-Hilfe-Schulung zu erinnern. Johannes Kalübbe begann immer lauter zu stöhnen. Jörg Hamann ergriff die Hände des Schwerverletzten und sprach tröstend auf ihn ein. Seine Stimme vibrierte und Schweißtropfen bedeckten sein Gesicht. Bereits nach fünfzehn Minuten landete der Rettungshubschrauber auf dem Hof. Jörg Hamann kam es vor, als hätte es Stunden gedauert.

Kapitel 22

Alwin Olsen zeigte sich bei der durchgeführten Hausdurchsuchung alles andere als kooperativ. „Keiner setzt ohne meine ausdrückliche Erlaubnis seinen Fuß auf meinen Hof!“ brüllte er lauthals und seine Halsschlagadern schwollen fast bis zum Platzen an. Seinen wüsten Beschimpfungen ließ er sodann auch die entsprechenden Taten folgen und sechs gut durchtrainierte Polizeibeamte hatten alle Mühe, den tobenden und wild um sich schlagenden Landwirt halbwegs zu bändigen. Dies verlief natürlich nicht ohne die entsprechenden Blessuren, so dass Olsen kurzerhand in Handschellen gelegt und in Sicherheitsgewahrsam genommen wurde.

Nach diesen Startschwierigkeiten lief die Hausdurchsuchung routiniert und professionell ab. Das Wohngebäude, die Stallungen, die Maschinenschuppen, nichts entging den scharfen, wachsamen Augen der suchenden Polizeibeamten.

Schon nach einer guten Stunde stellte sich dann der erwartete oder doch zumindest erhoffte Erfolg ein. Auf dem Wirtschaftsboden unter einem großen Haufen alten Strohs fand eine junge Beamtin, sorgsam in einem alten Leinensack eingewickelt, einen Revolver Kaliber 357 Magnum. Die geladene Waffe wies sechs Patronen in der Trommel auf, eine jedoch nur noch als leere Hülse. Der Einsatzleiter wandte sich Frau Olsen zu: „Ob es sich bei dem Revolver wirklich um die Tatwaffe handelt, können wir erst nach dem ballistischen Gutachten zweifelsfrei beurteilen. Die Wahrscheinlichkeit ist meiner Einschätzung nach jedoch relativ groß. Ich schlage vor, Frau Olsen, sie begleiten uns ins Präsidium nach Kiel, denn die für den Mordfall verantwortlichen Kriminalbeamten werden sicherlich auch die eine oder andere Frage an sie haben. Zwingen kann ich sie natürlich nicht.“

Die Bitte, so höflich sie auch ausgesprochen worden

war, entbehrte doch nicht einer unmissverständlichen Nachdrücklichkeit. So stieg Frau Olsen, die bereits vorher in sich zusammengesunken auf einem Sessel im Wohnzimmer kauerte und mit fest aufeinander gepressten Lippen vor sich hinstierte, ohne ein Wort der Widerrede still und schweigend in den Polizeiwagen. Karl Jensen und Martin Blöcker waren in dieser Zeit nicht untätig geblieben. Sie hatten die Ermittlungsakte nochmals intensiv studiert und alle vorliegenden Indizien bis ins kleinste Detail analysiert und diskutiert. Das Telefon klingelte. Kommissar Blöcker nahm den Hörer ab, notierte eifrig auf einem Schreibblock, nickte ab und zu zustimmend, dankte und beendete das Telefonat. Anschließend riss er die Arme triumphierend in die Höhe. „Volltreffer, Karl! Sie haben den Revolver bei Olsen gefunden. Mit an Sicherheit grenzender Wahrscheinlichkeit handelt es sich um die Tatwaffe. Den endgültigen ballistischen Befund erhalten wir innerhalb der nächsten Stunde. Olsen hat einigen unserer Kollegen etliche üble Knuffe verpasst. Deshalb haben sie ihn gleich mitgenommen. Widerstand gegen die Staatsgewalt u.s.w. Fingerabdrücke liegen inzwischen auch vor. Unter Lebensgefahr abgenommen, betonte der Kollege."

Karl Jensen lachte. „Ja, ja, das kommt dabei raus, wenn man einen Stier bis aufs Blut reizt! Liegt denn bereits ein Abgleich mit dem Feuerzeug, dem Revolver oder dem Handy vor?"

„Noch nicht, soll aber auch innerhalb der nächsten Stunde zur Verfügung stehen. Apropos zur Verfügung stehen, Frau Olsen wartet auf dem Flur auf ihre Vernehmung. Wie wollen wir weiter vorgehen?"

Kommissar Jensen überlegte einen kurzen Moment. „Ich verstehe mich ja besser auf Frauen als du. Ich schlage vor, du wartest die konkreten Analysen ab, während ich mich mit Frau Olsen beschäftige." – „Du und mit Frauen umgehen können," knurrte Martin Blöcker, „darüber sollte ich mich einmal ausgiebig mit deiner Frau unterhalten." Doch Jensen grinste ihn nur frech an und wandte sich zur Tür.

Einen Moment später saß Kommissar Jensen in einem der Vernehmungsräume Frau Olsen gegenüber und begann mit der Befragung. Ihre Augen blickten angstvoll und irrten in dem kahlen Raum unruhig hin und her. Ihre ganze Körperhaltung wirkte ablehnend, angespannt und furchtsam zugleich. „Beginnen wir erst einmal mit den Formalien, Frau Olsen, erzählen sie mir bitte etwas zu Ihrer Person," versuchte Kommissar Jensen den Gesprächseinstieg. – „Mein Name ist Klara Olsen, geborene Hallmann, 35 Jahre alt, zwei Kinder und seit gut zehn Jahren mit Alwin Olsen verheiratet." antwortete sie mechanisch.

„Ist Ihr Mann eigentlich ein guter Ehemann?" setzte Kommissar Jensen die Fragerunde fort. Diese Frage schreckte Frau Olsen augenscheinlich aus ihrer Lethargie auf und sie richtete ihren Blick überrascht und misstrauisch auf den Kommissar. – „Ich weiß zwar nicht, was das mit der ganzen Sache zu tun haben sollte, aber er ist ein liebevoller, zärtlicher Ehemann und ein fürsorglicher Vater, dem nichts über seine Familie geht."

Karl Jensen nickte bestätigend. „Und wie schätzen sie das Verhältnis zu den übrigen Dorfbewohnern ein?"

Frau Olsen überlegte lange, wobei Sie sich zusehends entspannte. „Sehen Sie, Herr Kommissar, eigentlich ist Alwin ein herzensguter Kerl und kann keiner Fliege etwas zu Leide tun. Keinem kann er eine Bitte abschlagen und wenn eines unserer Rinder krank ist, leidet er, als sei es eines seiner Kinder."

„Rauhe Schale und weicher Kern, was?" schmunzelte Kommissar Jensen. „Und deshalb wohl auch sein langes Vorstrafenregister in Sachen Körperverletzung. Er kann einfach keinem etwas abschlagen und deswegen sind nachher alle mehr oder minder angeschlagen!"

„Sehen sie, Herr Kommissar", Frau Olsen beugte sich

aufgeschlossen und offen nach vorn, „mit dem weichen Kern ist das gar nicht so weit hergeholt. Er nimmt alles immer gleich so persönlich und findet nur schwer die richtigen Worte. Daher fühlt er sich sehr schnell in die Enge getrieben und als einziges Argument bleibt dann häufig nur die Faust. Wenn Alkohol im Spiel ist, lässt er sich häufig gar nicht mehr beeinflussen. Es ist, als wenn eine Sicherung durchbrennt."

Karl Jensen nahm diesen wichtigen Hinweis sofort auf. „Hatte ihr Mann am Abend des Mordes an Stefan Meierling etwas getrunken?"

„Natürlich, sein Bruder war doch zu Besuch und die beiden haben so einige Grogs getrunken, weil sich Alwin furchtbar über den neuen Jagdpachtvertrag geärgert hat und oh!" Erst jetzt wurde Frau Olsen klar, wie viel sie dem Kommissar in diesem Moment offenbart hatte und sie lehnte sich demonstrativ in ihrem Stuhl zurück, die Arme fest verkreuzt.

„Ihr Mann hat sich also sehr über Herrn Meierling geärgert und daher einiges an Alkohol konsumiert", resümierte Karl Jensen. „Frau Olsen, war ihr Mann an diesem Abend wirklich zu Hause?"

Frau Olsen blickte den Kommissar böse und verschlossen an. „Mein Mann ist kein Mörder!" kam es im Zeitlupentempo über ihre Lippen. Karl Jensen erhob sich von seinem Stuhl. – „Frau Olsen, noch einmal, in ihrem Mann schwelte ein grimmiger Hass gegen Stefan Meierling, der Alkohol beseitigte die letzten Hemmschwellen. Das Motiv kann doch gar nicht klarer sein. Und Indizien, das können Sie mir glauben, haben wir mehr als genug. Lassen Sie uns diese Farce doch endlich beenden und sagen Sie mir die Wahrheit. War ihr Mann an diesem Abend zu Hause oder nicht?"

Frau Olsen sprang abrupt auf, sodass der Holzstuhl scheppernd zu Boden fiel. Die Hände zu Fäusten geballt stemmt sie die Arme in die Hüften und schrie den Kommissar hysterisch an:

„Was wissen sie denn über die Gefühle meines Mannes! Er ist ein freier Bauer und es ist sein gutes Recht, über sein Land zu gehen, wann immer er es will. Er schuftet von früh morgens bis spät in die Nacht, um diesen Hof zu erhalten und seine Familie zu ernähren. Seit mehr als zweihundert Jahren wirtschaften die Olsens in Wessehöft und haben das Recht zu jagen. Und da kommt dieser aufgeblasene und arrogante Städter, heiratet sich ein, bringt nur Schande und Unglück über seine Frau und lügt und betrügt mit jedem Wort, das er sagt. Ist es nicht Alwins gutes Recht, diesen Mann für all seine Betrügereien zur Rede zustellen. Nein er war an diesem Abend nicht zu Hause. Er wollte sich all seinen Frust und seinen Ärger von der Seele laufen." Klara Olsen begann zu schluchzen und streckte die Hände beschwörend nach vorn. „Herr Kommissar, sie müssen mir glauben, Alwin ist kein Mörder. Dem Meierling ein tüchtige Abreibung verpassen, ja, aber umbringen, kaltblütig mit einem Revolver erschießen, nie und nimmer!" Sie fiel auf den kalten Linoleumboden und begann hemmungslos zu weinen. Karl Jensen ging langsam auf die Frau zu und hob sie hoch.

Schluchzend schlang sie ihre kräftigen braunen Arme um seinen Hals und stieß immer wieder hervor: „Alwin ist kein Mörder! Er ist kein Mörder!" Karl Jensen strich ihr sanft über das blonde Haar. „Beruhigen sie sich, Frau Olsen, die Wahrheit wird ans Tageslicht kommen, das verspreche ich ihnen! Ich lasse sie jetzt nach Hause bringen. Machen sie sich bitte keine Sorgen. Wir werden die Wahrheit herausfinden! Mein Ehrenwort!" Sanft führte er die Frau hinaus und übergab sie einem Polizeibeamten. „Bringen Sie Frau Olsen bitte nach Hause!"

Noch lange nachdem die Frau gemeinsam mit dem Polizisten den Gang herunter schritt, hörte er ihr herzerweichendes Schluchzen. Karl Jensen ballte seine Hände zur faust, bis die Knöchel sich schmerzlich weiß färbten. „Bei Gott, wir werden die Wahrheit herausbekommen!" Es klang wie ein Stoßgebet.

Kapitel 23

Kommissar Jensen kehrte schweigsam und ein wenig betreten in das Vernehmungszimmer zurück, setzte sich langsam auf den Stuhl, der unter seinem Gewicht ächzte und steckte sich nachdenklich eine Zigarette an.

Doch noch ehe er einen ersten klaren Gedanken fassen konnte, stürzte Martin Blöcker in das Büro.

„Und ich dachte, du könntest mit den Frauen," feixte er, „das einzige, was ich sehen konnte, war eine völlig aufgelöste Frau Olsen, der die Tränen rechts und links von den Wangen liefen und der einer unserer Kollegen vom Streifendienst unter die Arme greifen musste, um zu vermeiden, dass die Gute lang hinschlägt."

Doch Karl Jensen war in keinster Weise zum Scherzen zu Mute. Er rauchte unbeeindruckt seine Zigarette weiter und ließ seinen Kollegen etwas hilflos im Rahmen der billigen Furniertür stehen.

Martin Blöcker spürte als empfindsamer Mensch das Spannungsfeld, in dem sich sein Kollege befand und wartete einfach ab.

Nach einigen tiefen Lungenzügen zerdrückte Karl Jensen die sterblichen Überreste seiner Zigarette, drehte seinen Stuhl in Richtung seines Kompagnons und atmete einmal tief aus.

„Eigentlich müsste ich jetzt jubeln, Martin, Frau Olsen hat soeben, im Beisein eines Protokollbeamten, gestanden, ihrem Mann zur Stunde der Tatzeit kein durchgängiges Alibi verschaffen zu können. Mit anderen Worten: Alwin Olsen war aushäusig und damit in der Lage, Stefan Meierling zu erschießen. Dass er auch Willens war, wird kein Richter und kein Staatsanwalt bezweifeln."

„Aber du bist mit diesem Ergebnis nicht glücklich, nicht

wahr?“ – „Um ehrlich zu sein, Martin, ich weiß es selbst nicht. Lass mich erst mit Alwin Olsen selbst sprechen, vielleicht sehe ich dann klarer.“ Erst jetzt blickte Karl Jensen seinen Kollegen konzentriert und aufnahmebereit an.

„Soweit über meinen Part, Martin, was gibt es Neues von er rechtsmedizinischen Front?”

Martin Blöcker stellte sich ein wenig in Positur, die Beine breit auseinander, holte tief Luft und begann: „Neuigkeiten über Neuigkeiten, Karl, es ist als ob jemand einen Brand gezündelt hätte. Bevor ich es aber vergesse: Deine Frau hat angerufen, wollte aber im laufenden Verhör nicht stören. Du möchtest sie möglichst schnell zurückrufen. Sie sagte, es sei dringend.“

Karl Jensen nickte: „Gleich im Anschluss an unser Gespräch. Versprochen. Hast du übrigens schon etwas über die Fingerabdrücke erfahren?“

„Das wäre mein nächster Punkt gewesen. Also, auf dem Handy fanden wir nur die Fingerabdrücke des alten Callsen. Ansonsten war das Gerät blitzblank.“

„Das ist doch mehr als merkwürdig, Martin, es hätten doch zumindest von Meierling irgendwelche Abdrücke zu finden sein müssen. Es muss also jemand das Handy abgewischt haben. Ich kann mir kaum vorstellen, dass Hermann Callsen das Gerät gereinigt hat, um es anschließend wieder anzufassen.“

„Du hast den Nagel auf den Kopf getroffen, Karl. Auch unsere Spezialisten sind sehr misstrauisch geworden, denn die ungewöhnliche Anordnung der Abdrücke weist sehr stark darauf hin, dass jemand dem alten Callsen das Handy nach seinem Tod in die Hand gedrückt hat.“ – „Das wiederum wirft die Frage auf, ob es sich um einen Unfall oder doch um ein Gewaltverbrechen handelt“, setzte Kommissar Jensen die Gedankenkette fort „Haben wir schon irgendwelche Ergebnisse aus der Gerichtsmedizin?“

„Nein, Karl, die Obduktion läuft auf vollen Touren, ich

erwarte den Bericht spätestens morgen Vormittag. Jetzt aber erstmal weiter mit den Fingerabdrücken. Am Revolver haben wir nichts gefunden, aufgrund des ballistischen Befundes handelt es sich jedoch zweifelsfrei um die Mordwaffe. Das Feuerzeug ist eindeutig von Alwin Olsen benutzt worden. Seine Fingerabdrücke prangten klar und deutlich auf dem guten Stück. Ich glaube, wir haben ihn, Karl. Bei der Fülle von Indizien kommt der uns nicht mehr aus. Das Netz zieht sich immer enger, es sollte mich doch sehr wundern, wenn wir nicht noch heute ein Geständnis aus diesem Totschläger herauskitzeln. Unsere Chefin wird mehr als zufrieden sein, hat sich ihre Ahnung doch so klar bestätigt."

Bevor Karl Jensen diese Hypothesen in irgendeiner Weise kommentieren konnte, öffnete sich die Bürotür und ein junger Polizeibeamter platzte hinein. „Entschuldigen sie, meine Herren, ich störe nur ungern, doch ich glaube diese Nachricht wird Sie interessieren!"

Der aufkeimende Ärger der beiden Kripobeamten wich aufkommender Neugierde.

„Ein gewisser Johannes Kalübbe ist schwer verletzt im Haus von Regine Meierling gefunden worden. Letztere ist dringend tatverdächtig und flüchtig. Die Tat entdeckt haben ihre Tochter, Janine Meierling sowie ein Jörg Hamann, der uns auch informiert hat."

Die beiden Kommissare fielen fast von den Stühlen. „Was ist bloß in diesem Dorf los!" rief Karl Jensen. „Lass sofort die ganze Maschinerie anlaufen Martin und fahre am besten gleich mit. Ich werde mir inzwischen Alwin Olsen vornehmen, doch zuerst brauche ich auf diesen Schreck einen Kaffee und eine Zigarette."

Martin Blöcker schlug die Tür krachend hinter sich zu und eilte zum Dienstwagen.

Nach all der Hektik des Tages umfing Karl Jensen eine

fast unheimliche Stille. Nur die große runde Plastikuhr an der ansonsten kahlen Wand tickte leise und gleichmäßig. Karl Jensen rauchte in tiefen Zügen. „Endlich Zeit zum Nachdenken“, murmelte er in sich hinein und versuchte all diese verworrenen Geschehnisse systematisch zu ordnen.

Erst ereignete sich der Mord an Stefan Meierling. Dann nur kurz darauf verstarb Hermann Callsen. Ob es sich dabei um einen Unfall oder ebenfalls um Mord handelte, würde er in Kürze definitiv wissen. Doch wie gelangte Callsen an das Handy? Hatte er es nur irgendwo gefunden? Dabei etwas beobachtet? Vielleicht den Mord selbst? Oder hatte er selbst den Mord begangen und das Handy aus irgendwelchen Gründen mitgehen lassen? Karl Jensen rief sich selbst zur Ordnung. Dieses Rätselraten brachte ihn nicht weiter. Er musste den Obduktionsbefund abwarten.

Und wie passte nun der Anschlag auf Johannes Kalübbe in die ganze Abfolge? Wenn Regine Meierling wirklich für dieses Verbrechen verantwortlich zeichnete, konnte sie dann auch ihren Mann erschossen haben? Ein Motiv lag zweifelsohne vor, ein nachvollziehbares Alibi jedoch nicht. Auf der Liste der Verdächtigen stand sie sicherlich ganz oben. Wie Alwin Olsen übrigens auch.

Karl Jensen zerdrückte die Glut seiner Zigarette. „Und den werde ich mir jetzt zur Brust nehmen“, sagte er laut und erhob sich.

Kapitel 24

Alwin Olsen saß Kommissar Jensen mit gesenktem Kopf und lauernden Augen in dem kleinen Besprechungszimmer gegenüber, während ein uniformierter Wachposten vor der Ausgangstür stand. Stoßweise ging der Atem, durchaus vergleichbar mit dem wütenden Schnauben eines Stieres und die knirschenden Zähne taten ihr übriges, einen jederzeitigen Angriff erwarten zu lassen.

„Wie ein bis aufs Blut gereizter Stier", dachte Kommissar Jensen und blickte ein wenig Hilfe suchend zu dem Polizeibeamten an der Tür. „Wollen Sie eine Zigarette rauchen?" versuchte er für eine Entspannung der aggressiven Atmosphäre zu sorgen.

Alwin Olsen nickte kurz, steckte sich die Zigarette mit zitternden Händen an und zog den Rauch tief in die Lunge.

„Also, Herr Olsen", begann Kommissar Karl Jensen das Verhör, „warum wir beide hier sitzen, brauche ich Ihnen wohl nicht näher zu erläutern."

Bevor er jedoch die erste wirkliche Frage stellen konnte, riss Alwin Olsen den Kopf hoch und rollte Furcht erregend mit den Augen. Sekundenbruchteile später sprang er heftig aus seinem Stuhl auf, so dass dieser laut gegen die Wand prallte und machte Anstalten, sein gegenüber am Kragen zu packen.

Bevor der zur Bewachung eingesetzte Polizist überhaupt die ersten Anstalten traf, sich in dieses beginnende Handgemenge einzuschalten, wehrte Karl Jensen die groben Hände des Bauern ab, sprang mit einer Behendigkeit, die man ihm und seiner Körperfülle nun wahrhaftig nicht zugetraut hätte, um den kleinen Tisch herum und drehte dem verdutzten Verdächtigen mit aller Kraft den rechten Arm auf den Rücken. Dieser wand sich vor Schmerzen.

„Hör mal zu, mein lieber Freund", zischte Karl Jensen mit eisiger Kälte in seiner Stimme, „entweder du reißt dich jetzt gewaltig zusammen und verhältst dich wie ein zivilisierter Mensch oder ich ziehe hier andere Seiten auf. Haben wir uns verstanden?“ Dabei erhöhte er nochmals ruckartig den Druck auf den festgehaltenen Arm bis Alwin Olsen gepeinigt wimmerte: „Ist ja schon gut, ich verspreche es! Wenn sie bitte, bitte nur noch loslassen!“

Karl Jensen lockerte den Griff und herrschte Alwin Olsen an: „Setzen! Wenn sie auch nur noch die geringsten Anstalten machen, sich hier ungebührlich zu verhalten, sitzen sie hier in Handschellen. Haben sie das begriffen?“

Gehorsam stellte Olsen den Stuhl wieder auf seinen Platz und setzte sich.

„Mensch, Herr Kommissar, mit ihnen möchte ich mich nun wirklich nicht noch einmal anlegen! Sie haben ja Bärenkräfte!“ Dabei ruhte sein Blick ungläubig und doch respektvoll auf dem einen halben Kopf kleineren Gegenüber.

„So Olsen, nun kommen wir mal zur Sache. Nun erklären sie mir mal, wie Ihr Feuerzeug und Ihre Stiefelabdrücke an den Fundort der Leiche von Herrn Meierling kommen konnten.“

„Ich bin einige Tage vorher dort spazieren gegangen. Da habe ich es wohl verloren.“

„Wäre es denn auch möglich, dass sie diesen Spaziergang in der Mordnacht unternahmen und dabei mit Herrn Meierling zusammenstießen?“

„Den Meierling hatte ich schon seit Tagen nicht mehr gesehen und ich bin wirklich bereits am Vormittag vor dem Tatabend an der Wiese vorbeigekommen“, beharrte Alwin Olsen auf seiner Aussage.

„Hat sie denn jemand während Ihrer Wald- und Wiesenbegehung gesehen, Herr Olsen?“

„Außer einigen Hasen und Rehen ist mir keiner über

den Weg gelaufen", antwortete dieser und grinste dabei leicht über seinen eigenen Scherz. Kommissar Jensen blieb jedoch ernst.

„Mit anderen Worten fehlen Ihnen mögliche Zeugen für diese Behauptung. Zu dem setzte der Schneefall erst nach der Entdeckung der Leiche ein. Wie erklären sie sich, Herr Olsen, dass wir Schuhabdrücke in eben diesem Schnee fanden? Abdrücke, die denen Ihrer Stiefel haargenau gleichen?"

Alwin Olsen rutschte unruhig auf seinem Stuhl hin und her. Ohne auf die Frage einzugehen, murmelte er nur: „Ich habe nichts mit der Sache zu tun."

„So, sie haben nichts mit der Sache zu tun! Ihnen ist doch sicherlich nicht entgangen, Herr Olsen, dass aus ihrer Waffe der tödliche Schuss auf Stefan Meierling abgegeben wurde. Wissen sie, was ich glaube? Sie haben beobachtet, wie derjenige Mann, der Ihnen den Weg in die dörfliche Jagd verwehrte, Richtung Hochstand ging. All die Verärgerung und Enttäuschung brach wieder aus ihnen heraus. Sie holten den Revolver aus dem Schrank und eilten hinterher. Dann folgte die tödlich endende Auseinandersetzung!"

Gespannt und hochkonzentriert blickte Kommissar Jensen auf den bulligen Mann, um jede noch so unscheinbare Veränderung im Verhalten, in der Mimik und Gestik zu registrieren und entsprechend zu deuten.

Die dann folgende Reaktion überraschte ihn, der im Laufe der Jahrzehnte eine Vielzahl von Verhören absolviert hatte, dann doch. Denn dieser Mann, der eben noch alles daran setzte, Karl Jensen in der Luft zu zerreißen, fiel plötzlich in sich zusammen. Aus dem vierschrötigen Gesicht blickten flehend blaue Augen, die, in ihrer Naivität ausstrahlenden Weise, fast mit denen eines Kindes vergleichbar waren.

Das unrasierte Kinn begann zu zittern und die Augen schimmerten feucht.

„Herr Kommissar, es stimmt. Ich hatte zwar eine Mordswut auf diesen hinterhältigen, mit allen Hunden gehetzten Mistkerl, der mich belogen und betrogen hat. Es hätte auch durchaus passieren können, dass ich ihm bei passender Gelegenheit eine gehörige Tracht Prügel verpasst hätte. Doch ich bringe doch keinen um! Dass müssen sie mir wirklich glauben! Ich bin kein Mörder!"

Der letzte Satz klang in den Ohren des Kommissars wie ein Hilfeschrei. Zwei Herzen schlugen in diesem Moment in Karl Jensens Brust. Sein Bauch, seine Intuition, seine Erfahrung sagten ihm, dieser Mann war unschuldig. Doch die Indizienlage und das mögliche Motiv sprachen eine andere Sprache. Doch er war bereits zu erfahren, zu professionell, um seinen Gefühlen nachzugeben. Denn eines spürte der Kriminalbeamte auch in aller Deutlichkeit. Der Widerstand von Alwin Olsen bröckelte. Daher behielt er bewusst und gezielt die Härte in seiner Stimme bei.

„Herr Olsen, dann sagen sie mir doch einfach die Wahrheit. Zu verlieren haben sie doch nichts mehr. Die Waffe gehört ihnen, sie waren definitiv am Tatort und zwar nach der Tat, wie die Spuren im Schnee beweisen! Auch ein entsprechendes Motiv liegt vor! Ein nachweisbares und plausibles Alibi jedoch nicht. Das einzige was sie jetzt noch retten kann, ist die nackte Wahrheit! Also los Mann, geben sie sich endlich einen Ruck!"

Diese klaren, deutlichen Worte blieben nicht ohne Wirkung. Alwin Olsens Gesicht spiegelte die widerstreitenden Gefühle und Regungen in aller Offenheit wider. Er verbarg das Gesicht in den schwieligen Händen und begann leise zu sprechen: „Also gut. Ich war am Abend des Mordes nicht zu Hause. Ich habe das alte Feuerzeug gesucht."

Kommissar Jensen unterbrach sein Gegenüber ein wenig verständnislos: „Sie haben was?"

Alwin Olsen versuchte sich mit einer Erläuterung: „Tja,

sehen sie, mein Feuerzeug hatte am Vortag seinen Geist aufgegeben. Daher habe ich heimlich das alte aus dem Stubenschrank stibitzt. Meine Frau sieht das nicht gerne, weil es sich doch um Erinnerungsstück handelt. Am Nachmittag des folgenden Tages unternahm ich vor der Melkzeit einen Spaziergang zur Wiese, um mal nachzusehen, ob die Wildschweine wieder neuen Schaden angerichtet haben. Dabei ist mir dann das alte Ding wohl aus der Tasche gefallen. Bemerkt habe ich dies allerdings erst später beim Melken."

Kommissar Jensen trommelte sichtlich nervös mit den Fingern auf der Tischplatte: „Ist ja wirklich hochinteressant. Nun kommen sie mal zur Sache!"

Alwin Olsen runzelte ein wenig pikiert die Stirn, setzte seinen Bericht jedoch unbeirrt fort: „Abends konnte ich nicht gleich weg, weil einige Bekannte auftauchten, die alle recht verfroren aussahen. Wir köpften dann einige Flaschen Glühwein. Erst spät in der Nacht marschierte ich dann los und lief ihren Leuten dabei fast in die Arme. Ich konnte mir die ganze Absperrung und die beiden Wachen nicht recht erklären und versteckte mich erst einmal hinter dem Knick. Die Eifrigsten haben sie sich für diesen Job jedoch nicht ausgesucht, Herr Kommissar! Es dauerte nämlich keine 15 Minuten, da waren die beiden wie vom Erdboden verschwunden. Diese Chance habe ich natürlich sofort ergriffen und bin ab nach Hause ohne gesehen zu werden."

Kommissar Jensen dachte mit einiger Verärgerung an die beiden säumigen Polizeibeamten, enthielt sich aber jeglichen Kommentars. Stattdessen wandte er sich Alwin Olsen zu. „Mit anderen Worten, sie haben mit dem Mord nichts zu tun!"

Alwin Olsen nickte eifrig.

Kommissar Jensen lachte kurz auf. „Und diese Lügengeschichte soll ich ihnen ernsthaft glauben?"

Das eifrige Nicken steigerte sich nochmals. „Es ist

wirklich die Wahrheit, Herr Kommissar!“

„Dann müssen sie doch aber den Schuss gehört haben!“

„Habe ich ja auch. Es war ideales Jagdwetter an diesem Abend. Die Richtung des Knalls ließ sich nicht genau bestimmen, lag vielleicht auch an dem vielen Glühwein. Ich habe den Schuss auch kaum zur Kenntnis genommen. Es hatte eben ein Jäger Waidmanns Heil, dachte ich. Wer denkt denn dabei gleich an einen Mord?“

„Und wie erklären sie sich, dass es sich bei ihrem Revolver, den wir zudem noch versteckt auf ihrem Dachboden gefunden haben, um die Tatwaffe handelt?“

Alwin Olsen warf seinen schweren Oberkörper auf den hölzernen Tisch, das es krachte und begann hemmungslos zu weinen.

„Ich weiß es nicht, Herr Kommissar, was glauben sie, wie ich mir schon den Kopf zerbrochen habe. Aber sie müssen mir glauben, ich war es nicht! Ich bin kein Mörder!“

„Und die Wahrheit ist, ich glaube ihm“, dachte Karl Jensen. Laut sagte er zu dem an der Tür stehenden Polizeibeamten: „Bringen Sie Herrn Olsen bitte in seine Zelle zurück.“

Kapitel 25

Karl Jensen saß grübelnd in seinem Büro, in der linken Hand eine Zigarette, während vor ihm eine heiße Tasse Kaffee dampfte. Plötzlich öffnete sich die Tür mit einem Ruck und Martin Blöcker stürmte in das verqualmte Zimmer.

„Neues aus Wessehöft!“ rief er laut aus, um dann ebenso plötzlich in einen Hustenanfall auszubrechen. Unwillig riss er das Fenster auf. „Warum lässt du diese verdammte Qualmerei nicht endlich sein?“

Karl Jensen zeigte jedoch keinerlei Ambitionen, über eines seiner Laster zu debattieren und lenkte das Gespräch gleich wieder auf das eigentliche Thema.

„Was ist denn nun wirklich bei Meierlings geschehen?“

„Wir haben Johannes Kalübbe mit einer schweren Kopfverletzung in der guten Stube von Frau Meierling liegend gefunden. Ob er überleben wird, steht derzeit noch in den Sternen. Von Vernehmungsfähigkeit kann erst recht nicht die Rede sein.

„Wissen wir bereits etwas über den genauen Tathergang?“

„Wie du ja weißt, Karl, haben ihn die junge Meierling und ihr Freund gefunden. Jörg Hamann gab zu Protokoll, dass ihnen Regine Meierling an der Haustür begegnete und voller Panik an ihnen vorbei Richtung Straße flüchtete. Ich habe sie übrigens gleich zur Fahndung ausgeschrieben, jedoch bis jetzt ohne Erfolg. Im Flur haben wir einen Schürhaken gefunden, an dem jedoch keinerlei Blut oder Haare des Opfers klebten. Die fanden wir aber am Sockel des Kamins.“

„Was vermutest du, Martin?“

„Ich glaube, Regine Meierling und Johannes Kalübbe haben sich aus irgendeinem Grund gestritten. Der letztere ist entweder gestoßen worden oder gefallen und dann rücklings mit dem Kopf gegen die Ecke des Kaminsockels geknallt. Wir haben neben dem Verletzten einen Knopf und einen kleinen Stofffetzen gefunden, der allem Anschein nach von einer Damenbluse stammt. Ich wage einmal zu behaupten, von der Regine Meierlings Bluse.

Janine Meierling steht noch unter Schock. Ich hab die beiden deshalb für morgen zu einem weiteren Verhör hierher bestellt. So wie der Kalübbe aussah, ist von dem kurzfristig auch keine Aussage zu erwarten, falls er dazu überhaupt jemals wieder fähig ist. Ich hoffe daher, wir erwischen Regine Meierling, um etwas Licht in diese Angelegenheit bringen zu können. Haben denn deine Verhöre etwas Neues erbracht?" „Wie man's nimmt", antwortete Karl Jensen ein wenig philosophisch. „Alwin Olsen hat zumindest gestanden, am Tatort gewesen zu sein. Er streitet jedoch kategorisch ab, mit dem Mord an Stefan Meierling irgendetwas zu tun zu haben. Und wenn ich ehrlich bin, Martin, glaube ich ihm sogar."

„Lass dich doch von dem nicht einwickeln, Karl. Wenn du willst, nehme ich ihn mir noch einmal vor. Du sollst mal sehen, Karl, wie schnell wir ein Geständnis auf dem Tisch haben."

Karl Jensen winkte ab.

In diesem Moment erschien ein junger Beamter. „Ich soll Ihnen den Autopsiebericht in Sachen Hermann Callsen bringen."

Karl Jensen nahm die Akte sofort interessiert an sich und begann aufmerksam zu lesen, während sich sein Kollege hinter ihn stellte, um ihm über die Schulter zu blicken.

„Volltreffer!" rief Karl Jensen, „ich habe es doch geahnt. In der Lunge von Hermann Callsen haben sie Ödeme gefunden. Zudem wies die Haut rund um den Mund Druckstellen auf. Er ist ermordet worden. Man hat Hermann Callsen mit

Äther oder etwas Ähnlichem betäubt und ihn dann ertrinken lassen. Du Martin, wenn die beiden Morde nicht miteinander zusammenhängen, quittiere ich meinen Dienst!"

Martin Blöcker schlug seinem Kollegen aufmunternd auf den Rücken. „Das lass mal lieber sein. Ich habe keine Lust, mich noch einmal an einen anderen Partner gewöhnen zu müssen. Deine Laster und Eigenheiten sind schon kaum zu ertragen, wer weiß, was dann kommt. Außerdem stimme ich dir voll und ganz zu. Meiner Meinung nach stellte dieser Mord die unmittelbare Reaktion auf das wichtigtuerische Verhalten von Callsen in der Gastwirtschaft dar. Ob er wirklich etwas wusste?"

„Der Mörder befürchtete es zumindest!" vollendete Karl Jensen diesen Gedankengang.

„Was ich nur nicht verstehe, ist das Handy von Meierling bei der Leiche vom alten Callsen."

„Wenn ich das nur wüsste", erwiderte Karl Jensen während er weiter in den Unterlagen blätterte. Dann tippte er mit dem Zeigefinger auf eine bestimmte Textpassage. „Lies mal hier, Martin, auf dem Handy konnten nur Fingerabdrücke von Hermann Callsen identifiziert werden. Ich frage mich, wieso sich keine vom ursprünglichen Eigentümer, Stefan Meierling, feststellen ließen? Falls Callsen den Mord beobachtet hätte oder ihn selbst erschossen hätte, um dann das Handy an sich zu nehmen, wäre es schlichtweg unsinnig von ihm gewesen, das Gerät abzuwischen und dann selbst anzufassen."

„Es sei denn", warf Martin Blöcker ein, „das Ding wäre stark mit Blut verschmiert gewesen."

„Dann hätten wir doch zumindest in den Ritzen irgendwelche Partikel finden müssen."

„Stimmt!" bestätigte sein Kollege. „Also bleibt doch nur folgende Variante", setzte Jensen sein Gedankenspiel fort. „Der Mörder von Meierling und Callsen ist ein und dieselbe Person. Er nimmt dem toten Meierling das Handy ab, beseitigt alle Fingerabdrücke, ermordete Callsen und drückt der Leiche das Gerät in die Hand, um Callsen den ersten Mord in die Schuhe zu schieben."

„Und unser Hauptverdächtiger sitzt in der Untersuchungshaft und versucht mit seinen treuen blauen Augen den erfahrenen Kripobeamten Jensen von seiner Unschuld zu überzeugen."

Karl Jensen lachte. „Genauso ist es. Und daher darf der ebenfalls routinierte Kripobeamte Blöcker den Hauptverdächtigen zum Verhör bitten, um dessen Alibi für den Mord an Hermann Callsen zu überprüfen. Der Zeitpunkt des Todes geht aus dem Obduktionsbericht hervor. Bitt schön Herr Kollege!" Pathetisch überreichte Karl Jensen seinem Partner den Aktendeckel.

„Und was unternehmen sie, Herr Kollege?" fragte Martin Blöcker zynisch zurück.

„Ich werde erst einmal unserer Chefin den Stand der Ermittlungen darlegen. Wir sehen uns später bei Frau Schäfer, Herr Kollege."

Karl Jensen verbeugte sich ein wenig linkisch und verließ das Büro.

Kapitel 26

Kurz aber prägnant berichtete Karl Jensen seiner Chefin über die aktuellen Entwicklungen im Mordfall Meierling. Oberkommissarin Schäfer hörte aufmerksam zu, stellte ab und zu eine gezielte Zwischenfrage, notierte eifrig und brachte die Ergebnisse auf den Punkt: „Sie sind also davon überzeugt, dass es sich bei dem Mörder von Stefan Meierling und Hermann Callsen um ein und dieselbe Person handelt?"

„Jawohl, Frau Schäfer, die Hintergründe sind uns zwar noch nicht eindeutig klar, doch wir vermuten, dass Callsen etwas gesehen oder zumindest gehört hat, was dem Mörder hätte gefährlich werden können. Und der Mörder handelte schnell und überlegt."

In diesem Moment betrat Martin Blöcker den Raum mit nachdenklicher Miene. „Ich fürchte, dein Gefühl hat dich nicht betrogen, Karl. Zu dem Zeitpunkt, an dem der alte Callsen den Tod fand, hielt sich Alwin Olsen auf seinem Hof auf. Der Tierarzt war bei ihm und beide versuchten verzweifelt, einem kleinen Kälbchen auf die Welt zu helfen. Der Tierarzt bestätigte die Aussage und ich sehe keinerlei Grund, ihm keinen Glauben zu schenken. Alwin Olsen besitzt für die Tatzeit also ein felsenfestes Alibi."

Das Kripoteam sah sich schweigend an. Oberkommissarin Schäfer fand als erste ihre Sprache wieder: „Das hieße ja, Herr Jensen, dieser Olsen käme als Täter nicht mehr in Frage. Ich kann es nicht glauben, alle Indizien sprechen doch für ihn."

„Jedoch nicht seine Wesensart, Frau Schäfer. Alwin Olsen mag, besonders unter Alkoholeinfluss, ein wüster Schläger sein und den Hals ab und zu ein wenig voll nehmen, Aber er ist kein Mörder! Dem Stefan Meierling bei passender Gelegenheit einmal so richtig eins auf die Nase zu geben, ja, ihn über den Hau-

fen zu schießen, nein!"
Oberkommissarin Schäfer versuchte sich gedanklich in die neuen Sachverhalte einzufinden.

„Welche weitere Vorgehensweise schlagen sie also vor, meine Herren?"

Karl Jensen stand auf, öffnete ein Fenster und zündete sich eine Zigarette an. „Wir haben in Wessehöft innerhalb kürzester Zeit zwei Tote und einen Schwerverletzten zu beklagen gehabt. Meines Erachtens hängen alle drei Taten unmittelbar miteinander zusammen. Lassen sie uns deshalb zum Ursprung zurückkehren, zum Mord an Stefan Meierling. Meiner Meinung nach haben wir, nachdem sich der Tatverdacht immer mehr auf Olsen konzentrierte, das familiäre Umfeld Meierlings zu sehr vernachlässigt. Weder Janine Meierling noch ihre Mutter konnten ein nachweisbares Alibi vorlegen. Ein Motiv wäre in der zerrütteten Beziehung der Eheleute Meierling auch zu begründen. Hier sollten wir verstärkt recherchieren."

Martin Blöcker stimmte seinem Kollegen mit einem Kopfnicken zu. „Hermann Callsen musste sterben, weil er zumindest vorgab, etwas zu wissen. Ich frage mich, wie und vor allem warum es zu der tätlichen Auseinandersetzung mit Johannes Kalübbe kam. Er entdeckte schließlich die Leiche. Hat er vielleicht etwas gewusst, dass Regine Meierling belasten könnte. Beabsichtigte er vielleicht, die Dame zu erpressen und kam es dabei zum Handgemenge?"

Oberkommissarin Schäfer schlug die Ermittlungsakte seufzend zu: „Leider werden wir Frau Meierling erst danach fragen können, wenn unsere Fahndung Erfolg hatte. Zudem überprüfen sie doch bitte auch noch einmal die Tochter und ihren Freund. Ich glaube, für heute gibt es nichts mehr zu tun. Ich wünsche ihnen einen schönen Feierabend, meine Herrn."

Kapitel 27

Tief in Gedanken versunken fuhr Karl Jensen auf der nur lückenhaft von Eis und Schnee befreiten Landstraße nach Hause. Schmutzigbraun türmte sich der Schnee an den Straßenkanten und verdeckte die Sicht auf die ganz in die weiße Pracht verhüllte Landschaft. Bislang war die Fahndung nach Regine Meierling ohne Ergebnis geblieben. Immer wieder versuchte er sich vorzustellen, wie die kleine zierliche Frau den schweren Revolver auf ihren Mann richtete und kaltblütig den Abzug betätigte. Zweifelnd schüttelte er den Kopf. Dazu kam die Ermordung Hermann Callsens. Wie in alles in der Welt sollte die so zerbrechlich wirkende Frau den alten Mann betäubt und dann den Bewusstlosen allein zu dem Tümpel geschafft haben? Obwohl, Verzweiflung kann ungeahnte Kräfte freisetzen. Und wer sagte denn, dass sie die Taten allein begangen hatte? Gemeinsam mit ihrer Tochter oder gar Johannes Kalübbe wäre es ein Kinderspiel gewesen. Wo nur mochte sich Regine Meierling versteckt halten, fragte er sich gerade, als er in die Auffahrt seines Hauses einbog. Freundliches warmes Licht strahlte ihm aus dem gemütlich eingerichteten Wohnzimmer entgegen und er freute sich bereits auf einige entspannende Stunden vor dem Fernseher. Für kurze Zeit einmal nicht mit Mord und Totschlag, mit Entsetzen und Verzweiflung konfrontiert zu sein, sondern einfach Abschalten und die Seele baumeln lassen. Erwartungsfroh öffnete er die Haustür und angenehme Wärme schlug ihm entgegen, die die Vorfreude nochmals steigerte. Urplötzlich jedoch, wie von Geisterhand herbeigezaubert, erschienen vor seinem geistigen Auge die starren, bleichen Gesichter von Stefan Meierling und Hermann Callsen. Leise stöhnte er auf und vergrub sein Gesicht in seinen Händen. In diesem Moment erschien seine Frau im Türrahmen der Wohnzimmertür und blickte ihren Mann fragend an:

„Karl, was ist los mit dir?“ Erschrocken zuckte er zusammen und sah Susanne mit flehenden Augen an. „Die Toten, Schatz, sie lassen mir keine Ruhe.“ Doch dann straffte sich sein Körper und ein wenig fahrig fuhr er sich mit der Hand durchs Haar.

„Es ist nichts, nur die Nerven spielen langsam verrückt. Es wird Zeit, dass wir endlich in den Urlaub kommen. Immer nur Mord und Totschlag. Ich muss endlich auf andere Gedanken kommen.“

Susanne blickte ihm mit einem leicht verdutzten Schmunzeln an. „Den Eindruck habe ich allerdings auch, bei allen deinen blöden Ermittlungen hast du es ja nicht einmal nötig, zurückzurufen“, erwiderte sie mit einem etwas erzwungen klingenden vorwurfsvollen Ton. „Mist, das habe ich echt vergessen bei all dem hektischen Betrieb heute, sorry. Der Fall in Wessehöft hat es aber auch in sich, habe kaum noch Zeit zum Luftholen gehabt.“

„So, so, wenn du dich derartig in deine Arbeit hineinsteigerst, solltest du dich wirklich fragen, ob du überhaupt noch nach Hause kommen willst oder lieber gleich in Kiel übernachtest. Martin Blöcker verbringt zumindest mehr Zeit mit seiner Familie!“

„Was zum Teufel hat Martin denn damit zu tun? Außerdem hat Martin Kinder. Das ist ja wohl noch etwas Anderes!“ Herausfordernd stemmte Susanne die Hände in die Hüften. „Wenn es nur daran liegt, dem kann abgeholfen werden!“

Misstrauisch und leicht verunsichert blickte Karl Jensen seine Frau an. „ Wie meinst du das nun wieder?“

Susanne drehte sich mit einem Ruck um und ging mit federnden Schritten zurück ins Wohnzimmer. „Du bist doch der Kriminalist. Du kannst ja mal zur Abwechslung deine kleinen grauen Zellen zu Hause arbeiten lassen!“

Jensen marschierte ärgerlich hinter seiner Frau her. „Ich

habe einen langen anstrengenden Tag hinter mir! Bitte lass jetzt die Heimlichtuerei und erkläre mir, was lost ist!“

Susanne strahlte plötzlich über das ganze Gesicht. „Mensch, Liebling, kapierst du es wirklich nicht? Ich bin schwanger! Wir bekommen ein Kind!“

Karl Jensens untere Gesichtshälfte klappte beängstigend weit nach unten. „Aber, aber“, stotterte er, „nach fast zwanzig Jahren, wie kann das sein? Wir sind doch schon zu alt!“

„Ich jedenfalls fühle mich nicht zu alt mit meinen 39 Jahren“, erwiderte Susanne leicht schmollend. „Für dich kann ich natürlich nicht sprechen!“ Karl Jensen stieß einen nie gekannten Schrei aus und riss seine Frau überglücklich an sich: „Oh, Susanne, ich werde Vater, wir werden eine richtige Familie! Ich liebe dich mehr als alles andere auf der Welt!“

Kapitel 28

Nach einer langen, zärtlichen Verabschiedung, die stark an die Zeit nach den Flitterwochen erinnerte, fuhr ein beflügelter Karl Jensen in das Präsidium nach Kiel.

Fröhlich pfeifend betrat er sein Büro und schlug Martin Blöcker freundschaftlich auf die Schulter. „Moin, Martin, ist das heute nicht ein wunderschöner Tag?“ Ein wenig entgeistert schaute Blöcker seinen Kollegen an.

„Schon richtig, Karl, aber sag mal, was ist denn mit dir los, du hast ja eine Laune wie seit Jahren nicht mehr? Ach, übrigens Janine Meierling und Jörg Hamann sitzen draußen und warten auf ihre Vernehmung.“

„Na, dann wollen wir uns unser junges Liebespaar mal zur Brust nehmen!“ verkündete Kommissar Jensen und eilte beschwingt zum Vernehmungsraum. Martin Blöcker starrte ein wenig fassungslos seinem Kollegen hinterher und schüttelte ungläubig den Kopf. „Ich möchte wirklich wissen, was in Karl gefahren ist, wie umgewandelt.“

„So, meine Herrschaften,“ begrüßte Karl Jensen die beiden jungen Leute. „Ich hoffe, sie haben sich vom Schrecken des gestrigen Tages etwas erholt?“

Beide nickten wortlos, doch die dunklen Augenringe in den blassen Gesichtern sprachen Bände. In diesem Moment klopfte es und ein junger Polizeibeamter betrat mit forschen Schritten den Vernehmungsraum.

„Entschuldigen sie, wenn ich störe, Herr Kommissar, Herr Blöcker schickt mich. Er meinte, die Ergebnisse der Spurensuche würden sie interessieren.“

Mit einem kurzen Kopfnicken nahm Karl Jensen die Unterlagen an sich, um kurz, aber intensiv den Bericht zu studieren. Dann schloss er die Akte mit einer energischen Handbewegung und blickte die beiden jungen Leute nachdenklich an.

„Ich will ihnen Beiden reinen Wein einschenken. Es weist bislang alles darauf hin, dass es sich bei der Verletzung von Herrn Kalübbe um einen Unfall handelt. Der Schürhaken, den wir im Wohnzimmer fanden, weist keine Fingerabdrücke auf, nicht mal welche von ihrer Mutter, Frau Meierling. Blutspuren sind auch keine zu finden. Auch am Körper von Herrn Kalübbe ließen sich keine Kampfspuren nachweisen, die auf eine Fremdeinwirkung schließen ließen. Es wäre daher für ihre Mutter das vorteilhafteste, wenn sie sich mit uns in Verbindung setzen und uns den Ablauf des schrecklichen Unfalls erklären würde. Frau Meierling, wissen sie, wo sich ihre Mutter aufhält?“

„Nein, Herr Kommissar, wirklich nicht“, antwortete Janine Meierling mit fester Stimme. Doch Karl Jensen war das kurze Zögern und der Seitenblick zum neuen Freund nicht entgangen und urplötzlich fiel es ihm wie Schuppen von den Augen. „Entschuldigen sie mich für einen kleinen Moment!“ stieß er hastig hervor und spurtete aus dem Raum mit dem Ziel Martin Blöcker.

„Du, Martin, lass die Stundentenbude von Janine Meierling unauffällig observieren. Ich habe da so eine Ahnung!“ Sprach's und verschwand ebenso schnell wie er gekommen war.
Martin Blöcker schüttelte erneut ungläubig den Kopf. „Ich glaube, Karl ist wirklich reif für die Insel!“ Doch dann folgte der Griff zum Telefon.

Karl Jensen setzte indessen die Vernehmung fort. „Herr Kommissar, bevor sie weitere Fragen stellen, können Sie uns sagen, was mit Johannes Kalübbe ist?“ – Nach kurzem Zögern entschied sich Karl Jensen für die Wahrheit. „Der Zustand ist nach wie vor kritisch, jedoch glücklicherweise stabil. Wir hoffen, Herrn Kalübbe in absehbarer Zeit über die Abläufe vernehmen zu können.“

Janine Meierling atmete erleichtert auf. „Gott sei Dank, Herr Kommissar, sie glauben gar nicht, wie sehr mich das freut.“

„Können sie sich denn vorstellen, was Kalübbe bei ihrer Mutter gewollt haben könnte?“ nahm Jensen den Gesprächsfaden sofort auf.

„Beim besten Willen nicht, doch Mutter war in den letzten Tagen so sonderbar. Wir hatten immer ein prima Verhältnis. Nicht wie Mutter und Tochter, sondern wie zwei Vertraute, die keine Geheimnisse voreinander haben. Doch Mutter war plötzlich so verschlossen wie eine Auster und dabei hochgradig nervös. Ich weiß wirklich nicht, was in sie gefahren sein könnte. Damals, als Vater noch lebte, waren wir wie Pech und Schwefel, doch jetzt… Ich verstehe Mutter einfach nicht mehr.“

„Ich danke ihnen für Ihre Offenheit, Frau Meierling“, erwiderte Karl Jensen und erhob sich, um damit das Ende des Gespräches einzuläuten, „Ich will auch offen zu ihnen sein. Auch wenn die schwere Verletzung von Kalübbe scheinbar einem Unglücksfall zuzuschreiben war, besteht nach wie vor ein dringender Tatverdacht gegen ihre Mutter und auch sie selbst können wir nicht von der Liste der Verdächtigen streichen. Ich bitte sie daher sehr, wenn sie Kontakt mit ihrer Mutter aufnehmen sollten, überzeugen sie sie, sich mit mir in Verbindung zu setzen. Nur so kommen wir der Wahrheit näher und werden hoffentlich auf den wahren Mörder stoßen.“

Jörg Hamann sprang empört auf, doch seine junge Freundin schnitt die bevorstehende Protestkundgebung mit einer kurzen Handbewegung ab.

„Lass sein Jörg, ich verstehe den Kommissar und werde darüber nachdenken. Auf Wiedersehen.“

Noch lange saß Karl Jensen im Vernehmungsraum und dachte darüber nach, ob er wohl die richtige Strategie gewählt hatte.

Kapitel 29

Martin Blöcker saß grübelnd und mit nachdenklicher Miene an seinem Schreibtisch, als Karl Jensen das Büro betrat. Dabei blätterte er ganz entgegen seiner sonstigen Gewohnheit hektisch und planlos ein einem großen Paket Unterlagen, die chaotisch auf seinem Schreibtisch verstreut lagen.

Karl Jensen blickte amüsiert auf diese außergewöhnliche Szenerie.

„Was ist denn hier los? Man könnte glauben, bei dir hätte eine Bombe eingeschlagen!“ bemerkte er mit einem süffisanten Grinsen. Martin Blöcker fuhr sich hektisch mit beiden Händen durch die Haare und sah seinen Kollegen irritiert und eine wenig verärgert an. „Du hast Nerven! Zwei Tote und eine Schwerverletzter innerhalb kürzester Zeit. Halb Wessehöft ist ausgerottet, wir haben nicht die leiseste Ahnung, wer hier mordend durch das Dorf zieht und du stehst da, als ginge dich die ganze Angelegenheit nichts an. Die Ehre unserer Abteilung steht auf dem Spiel, Karl!“ In diesem Moment fegte Oberkommissarin Schäfer um die Ecke, stürmte, wild mit einer Zeitung wedelnd, in das Büro und prallte heftig mit Karl Jensen zusammen, dem es nicht mehr gelang, sich rechtzeitig in Sicherheit zu bringen. In hohem Bogen flog die Zeitung durch den Raum und die Glut von Karl Jensens Zigarette bohrte sich zischend in die rosa Rüschenbluse der Oberkommissarin. Diese erstickte erst einmal mit hektischen Bewegungen den Brandherd, bevor ernsthaftere Verletzungen eintreten konnten. „Sie und Ihre dämliche Qualmerei, Jensen!“ herrschte sie den Kommissar an, während dieser mit schlechtem Gewissen die Zeitungsblätter zusammensammelte. Wütend entriss sie ihm das Resultat gewissenhafter Pressearbeit und wies in größter Erregung auf einen halbseitigen Artikel, der über die Geschehnisse in Wessehöft berichtete. Daneben prangte ein gestochen scharfes Bild der Oberkommissarin.

„Sie sind aber gut getroffen!“ versuchte Martin Blökker die im wahrsten Sinne des Wortes brenzlige Situation zu entschärfen. „Lassen sie ihre blöden Witze, Blöcker und lesen sie sich lieber den Artikel durch. Ich zitiere: Polizei tappt immer noch im Dunkeln. Oder hier: ungestraftes Morden in Wessehöft! Ich will endlich Taten sehen, meine Herren!“

„Leichter gesagt, als getan“, antwortete Martin Blöcker zerknirscht. „Wir vermuten, dass die Morde an Meyerling und Callsen von ein und derselben Person verübt wurden. Callsen musste sterben, weil er zuviel wusste, doch das Motiv für den Mord an Meyerling ist nach wie vor unklar. Unser Hauptverdächtiger, Alwin Olsen, hat, wie sie wissen, ein Alibi, was den Mord an Callsen betrifft. Wir haben ihn deshalb wieder auf freien Fuß gesetzt. Ich fürchte, wir fangen wieder bei Null an.“

Karl Jensen schüttelte energisch den Kopf. „Nein, nein, Martin! Ich glaube, wir sind viel näher an der Lösung als wir glauben. Die Dinge sind in Bewegung geraten und ich habe so das Gefühl, einige Leute in Wessehöft haben Angst.

Wir sollten uns durch die Presse nicht irritieren lassen. Gerade gestern haben wir doch in unserem gemeinsamen Gespräch eingehend alle Alternativen und Konsequenzen analysiert. Nun kommt ein Presseartikel dazwischen und alles bricht in heillose Panik und blinden Aktionismus aus. Wir sind auf dem richtigen Kurs, Frau Schäfer!“

Die Oberkommissarin zeigte sich sichtlich beeindruckt und nickte, wenn auch noch ein wenig zögerlich, zustimmend mit dem Kopf. „Sie haben ja Recht, Jensen, doch wieso liegen uns so wenige konkrete Spuren vor? Jeder Hinweis, so viel versprechend er sich anfangs darstellte, führt nach kürzester Zeit ins Leere.“

„Sie haben den Nagel auf den Kopf getroffen“, erwiderte Karl Jensen, „deshalb bin ich auch davon überzeugt, dass wir es hier auf keinen Fall mit einer spontanen Tat zu tun haben.

Der Mord war von langer Hand geplant. Es wurden bewusst falsche Fährten gelegt, die wir auch sehr bereitwillig verfolgt haben. Das Feuerzeug, die Tatwaffe, das Handy. Was wäre beispielsweise, wenn Callsen in Wirklichkeit nichts gewusst hätte, wenn sein Tod nicht die Folge seiner angedrohten Enthüllungen gewesen ist, wenn beide Morde von vornherein feststanden."

Martin Blöcker schüttelte ungläubig den Kopf und auch Oberkommissarin Schäfer starrte skeptisch in die Runde.

„Du kannst doch nicht sämtliche Fakten außer acht lassen, Karl, Tatsache ist doch….."

„Nein, Martin, Tatsache ist nur, dass Meyerling und Callsen ermordet wurden, sonst nichts. Alles andere sind nichts als Vermutungen unsererseits. Meyerling wird ermordet, Callsen brüstet sich in aller Öffentlichkeit mit Beobachtungen, die er gemacht haben will und prompt stirbt auch er. Doch wer sagt uns denn, dass darin das Motiv zu suchen ist? Angenommen, der Mörder nutzt Callsens Auftritt als willkommenen Anlass und wir akzeptieren dieses Manöver allzu gern und bereitwillig. Wenn aber beide Morde von vornherein geplant gewesen wären, müssen wir uns doch fragen, ob es eine Gemeinsamkeit zwischen den beiden Männern gab."

Oberkommissarin Schäfer hätte sich fast mit dem Finger an die Stirn getippt. Im letzten Moment gelang es ihr, denselben Richtung Brandloch auf ihrer Bluse zu lenken, während sie Karl Jensen ungläubig fragte: „Das ist doch nicht ihr Ernst, Jensen, ich glaube, jetzt spielt ihnen ihre Phantasie eine gehörigen Streich!"

Karl Jensen lächelte seine Chefin entwaffnend an, „ohne Phantasie werden wir diesen Fall nicht lösen können. Wir haben uns schon viel zu lange auf die eingefahrenen Wege beschränkt. Ich habe zwei große Bitten, Frau Schäfer! Lassen sie mich zum einen meinen Weg gehen, denn ein Jäger jagt nicht nur mit dem Verstand, sondern auch mit seinem Instinkt."

Oberkommissarin Schäfer lächelte unmerklich in sich hinein, als sie sich den mit einem ansehnlichen Hängebauch ausgestatteten Jensen halbnackt mit Pfeil und Bogen im Dschungel pirschend vorstellte.

„Na dann Waidmannsheil, Herr Kommissar! Und ihre zweite Bitte?“ – „Ich möchte jetzt Feierabend machen, nach Hause fahren und mich um meine Frau kümmern.“

„Oh Gott, deine Frau ist doch nicht etwa krank?“ fragte Martin Blöcker taktvoll.

„Wenn du eine Schwangerschaft als Krankheit bezeichnen willst!?“ schmunzelte Karl Jensen und bevor noch einem seiner Gesprächspartner Zeit für überflüssige Fragen blieb, war er auch schon aus dem Büro entschwunden.

Zurück blieben eine Oberkommissarin mit angekokelter Bluse und offen stehendem Mund und ein nicht minder sprachloser Mitstreiter, namens Martin Blöcker.

Kapitel 30

Fröhlich vor sich hinpfeifend strebte Karl Jensen, seines Zeichens Kriminalkommissar und Vater in spe seinem Wagen zu. Der Himmel hing voller Geigen, vergessen war Wessehöft mit seinem grauenvollen Geheimnissen. Er dachte an Susanne und an das neue Leben, das sich in ihr zu regen begann. Keine Zweifel am Sinn seines Lebens nagten an seiner Seele, nichts erschien mehr trostlos und ermüdend. Die hier und da durch die Wolkendecke brechenden Sonnenstrahlen ließen einen ersten vagen Frühlingsbeginn erahnen und versprachen neues Leben - neues Leben. „Wie sollen wir unseren Sohn bloß nennen?" schoss es ihm durch den Kopf. „Und wenn es ein Mädchen wird? Egal, er würde Vater werden und ein guter noch dazu!"

Er parkte den Wagen vor der Haustür, stürmte in die Wohnung und nahm seine Frau liebevoll in den Arm. „Hallo, mein Schatz, ist dies nicht ein wundervoller Tag! Ich habe mir gerade überlegt, mein Arbeitszimmer zu opfern und als Kinderzimmer umzufunktionieren. Lass uns doch noch einmal in die Stadt fahren, um nach einer Wiege und neuen Tapeten zu schauen!"

Susanne gab ihm einen herzlichen Kuss, schmiegte sich an ihn und blickte ihn lächelnd an. „Ich glaube, so sehr eilt es dann doch noch nicht. Die nächsten Monate ist unser Kind ganz gut bei mir aufgehoben. Wegen der Wiege habe ich übrigens bereits mit meiner Mutter gesprochen. Die hat nämlich die alte Familienwiege immer noch bei sich im Keller stehen." – „Was? Das alte Ding für unser Kind? Das quietscht und knarrt doch an allen Kanten und Ecken!" – „Nun sei mal ein bisschen traditionsbewusster! Für die technische Instandsetzung bist übrigens du verantwortlich", antwortete Susanne freundlich, jedoch sehr bestimmt.

Zur selben Zeit fuhren auch Janine Meierling und Jörg

Hamann durch Kiel. Das eben überstandene Verhör durch die Kriminalpolizei hatte die beiden doch mehr mitgenommen, als sie sich selbst gegenüber eingestehen wollten. So gingen beide schweigend ihren Gedanken nach, während das Autoradio leise vor sich hin dudelte.

„Wo soll ich dich eigentlich hinfahren?" schoss es Jörg plötzlich durch den Kopf. „Willst du mit zu mir kommen oder soll ich dich zu deiner Wohnung fahren?" Nach kurzem Zögern antwortete Janine: „Wenn es dir nichts ausmacht, fahre mich bitte nach Wessehöft." Jörg Hamann bremste abrupt. Nur der Reaktionsschnelligkeit des hinter ihm Fahrenden war es zu verdanken, dass es zu keinem Unfall kam. Quietschende Reifen und ein wildes Hupkonzert folgten, doch Jörg Hamann bemerkte dies nicht einmal. „Wo willst du hin? Was um alles in der Welt treibt dich nach Wessehöft? Hoffst du etwa, deine Mutter dort zu finden?"

„Natürlich nicht", antwortete Janine gereizt. „Aber Wessehöft ist doch mein Zuhause und irgendeiner muss doch das Wohnzimmer säubern von all dem Blut." Jörg Hamann schüttelte verständnislos den Kopf. „Mutest du dir da nicht ein wenig zu viel zu? Nicht, dass es dir zuletzt wie deiner Mutter geht und du die Nerven verlierst."

Mit blitzenden Augen und gefährlich leise entgegnete sie: „Wie kommst du dazu, dir ein Urteil über meine Mutter zu erlauben? Sie ist eine Kämpfernatur, ist liebevoll und voller Verständnis. Sie hat für mich immer ein offenes Ohr und hat mir auch in schwierigen Momenten stets zur Seite gestanden. Nun ist es an mir, ihr zu helfen und das werde ich tun mit all meiner Kraft. versuche nicht, mich davon abzuhalten. Dies ist eine Familienangelegenheit, die dich nichts angeht."

Jörg Hamann errötete bis in die Haarspitzen. „Tut mir leid, ich wollte dir nicht zu nahe treten. Es ist nur, ich möchte nicht, dass dir die ganze Sache über den Kopf wächst."

„Glaubst du etwa, nur weil du eine wenig Karate kannst, bist du mir überlegen? Ich bin robuster, als du denkst, ich werde mich schon durchschlagen. Wenn dir das alles zu gefährlich erscheint oder Mord und Totschlag nicht zu deinem Image passen, dann sage es, ohne um den heißen Brei herumzureden. Ich komme auch ohne dich klar."

Jörg Hamann blickte ihr für einen kurzen Moment tief in die Augen und antwortete mit ernster, fester Stimme: „Nun hör mir bitte einmal ganz genau zu! Der Zeitpunkt ist zwar mehr als unpassend und ich hätte mir einen romantischeren Augenblick gewünscht, doch du lässt mir ja keine andere Wahl: Ich liebe dich, Janine. Habe dich vom ersten Moment an geliebt. Du glaubst doch nicht ernsthaft, dass ich dich jetzt, in einem solchen Moment, allein lasse. Ich bin stolz darauf, dass du mir vertraust. Diese Geschichte werden wir beide durchstehen, wenn du mich überhaupt willst."

Zärtlich legte Janine ihre Hand auf seinen Arm. „Lass uns gemeinsam nach Wessehöft fahren", bat sie leise. Es dunkelte bereits, als sie die Auffahrt des Gehöfts erreichten. Eine unheimliche Stille umfing sie, als sie das Haus betraten, nur ein leiser Luftzug strich über die erhitzten Köpfe.

„Wir sind nicht allein im Haus", flüsterte Janine voller Angst und klammerte sich an Jörgs Arm. „Blödsinn!" antwortete dieser laut, um die eigene, aufkeimende Angst zu ersticken. „Wer bitte schön sollte sich sonst noch hier aufhalten! Lass uns Licht machen und in der Küche nach Reinigungsmitteln und Eimer suchen." Im selben Moment ertönten aus einem der Zimmer ein heftiges Poltern und das Scheppern eines Fensterrahmens. Janine schrie auf, während Jörg einen Besenstiel an sich riss. „Aus welchem Raum kam der Lärm?" rief er aufgeregt. „Ich glaube, aus dem Arbeitszimmer meines Vaters! Komm, weg hier, nur weg!" – „Vielleicht nur eine Katze, dem werden wir auf den Grund gehen!" Fest umklammerte er den Besenstiel, lief den Flur entlang und öffnete mit einem heftigen Ruck die Zimmertür. Die Hand fand den Lichtschalter und kurz darauf blickten sie in einen hell erleuchteten Raum. Die zerschlagene Fensterscheibe, der umgeworfene Stuhl und die offenen Schubladen des Schreibtisches waren nicht zu übersehen. „Ruf die Polizei, Janine, ich glaube, unser Kommissar wird sich sehr für dieses Durcheinander interessieren.“

Kapitel 31

Am nächsten Morgen saß Kommissar Jensen auf dem lederbespannten Bürostuhl, Marke Chefsessel, und starrte grübelnd auf die antike, fast schwarz gebeizte Arbeitsplatte des Schreibtisches. Es war zum Verzweifeln. Weder Fingerabdrücke noch Fußspuren hatte die Spurensicherung zu Tage gebracht. Wäre da nicht das kaputte Fenster und die in alle Winde zerstreuten Papiere und Unterlagen, er hätte nicht an einen Einbruch geglaubt. Janinen Meierling und Jörg Hamann saßen kerzengerade an dem großen Besprechungstisch und blickten den Kriminalbeamten erwartungsvoll an.

„Hier in Wessehöft geht es ja schlimmer zu als im Wilden Westen!“ konstatierte Jörg Hamann. Janine Meierling nickte heftig mit dem Kopf: „Solange ich denken kann, ist bei uns weder eingebrochen worden, noch irgendetwas gestohlen worden. Und dann ausgerechnet in Papas Arbeitszimmer, wo sowieso nichts zu holen ist. Na, von hier kann der Einbrecher kaum gekommen sein.“

Langsam drehte sich der Kommissar zu der jungen Frau. „Es sei denn, er hätte etwas ganz Besonderes gesucht und den Gegenstand hier und nur im Arbeitszimmer vermutet.“

Jörg Hamann schreckte hoch. „Aber das hieße ja, dass…“ – „Genau das“, unterbrach Kommissar Jensen ihn. „Ist es nicht merkwürdig? Noch niemals wurde ein Einbruch verübt, dann wird der Hausherr erschossen und exakt in dem Moment, wo das Haus leer steht, steigt irgendwer ausgerechnet im Arbeitszimmer ein. Der Waffenschrank im Wohnzimmer bleibt unberührt, der Schreibtisch indessen wird durchwühlt. Auch hinterließ der Täter oder die Täterin keinerlei Fußabdrücke in den Beeten oder im Rasen, obwohl doch alles matschig ist. Nein, trotz übereilter Flucht läuft er schön auf den betonplatten entlang. Ich verwette mein letztes Päckchen Zigaretten darauf, dass der Einbrecher sich hier sehr genau auskannte."

Jörg Hamann sprang auf und lief mit gekrauster Stirn im Zimmer auf und ab. Abrupt blieb er stehen. „Aber das lässt dann doch nur einen logischen Schluss zu! Bei dem Einbrecher handelte es sich um den Mörder und er suchte nach etwas, was ihn möglicherweise belasten könnte!"

„Glückwunsch, junger Mann! Genau das vermute ich nämlich auch. Es muss ein Motiv für diesen Einbruch geben, denn alles andere wäre ein unglaublicher Zufall. Und ich glaube nicht an Zufälle, das habe ich mir im Laufe der Jahre abgewöhnt."

„Aber was um alles in der Welt könnte Papa hier im Arbeitszimmer aufbewahrt haben, was für den Mörder gefährlich werden könnte?" mischte sich Janine Meierling in die Gedankenspiele ein. „Ich kann mir das beim besten Willen nicht vorstellen!"

„Wenn ich ihnen diese Frage beantworten könnte, dann hätten wird den Mörder von Wessehöft überführt", erklärte Karl Jensen mit leicht verknittert klingender Stimme.

„Vor allem interessiert mich brennend, ob der Einbrecher gefunden hat, wonach er so eifrig suchte", sagte der Kommissar mehr zu sich als zu den beiden jungen Leuten.

Plötzlich schlug er energisch mit der Faust auf den Tisch.

„Gedankenspiele und Mutmaßungen bringen uns auch nicht weiter. Jetzt müssen Fakten auf den Tisch! Wollen sie beide mir bei den weiteren Ermittlungen helfen?"

Beide nickten begeistert. „Na klar!" klang es wie aus einem Munde. „Sagen sie uns, was wir tun sollen!"

„Ich schlage vor, Frau Meierling, sie kochen erst einmal einen Pott starken Kaffee, besorgen uns einen Aschenbecher und dann werden wir gemeinsam mal die ganzen Unterlagen sichten, vielleicht stoßen wir ja auf irgendetwas Interessantes."

Während Janine Meierling in die Küche lief, begann Jörg Hamann wie wild in den Unterlagen zu wühlen. Karl Jensen schaute sich das wüste treiben einen Moment lächelnd an.

„Nein, mein Junge, so wird das nichts. Wenn wir wirklich Erfolg haben wollen, ist Methodik und Systematik gefragt. Ah, da kommt ja auch schon der Kaffee und wie der duftet! Wunderbar! Jetzt können wir ernsthaft beginnen. Wir legen mehrere Stapel an. Nach rechts kommen die Familienunterlagen, dann die Geschäftsbriefe, einen Stapel für Privates wie Jagd, Auto u.s.w. und eine Rubrik für die restlichen Unterlagen." Mit Feuereifer begannen die jungen Leute mit der Aufteilung und innerhalb kürzester Zeit befand sich jeder Brief und jedes Foto auf dem vorgesehenen Platz.

„Stufe eins ist beendet", konstatiert Karl Jensen. „Jetzt wollen wir mal in aller Ruhe jeden einzelnen Brief und jeden Gegenstand eingehend studieren."

Die Stunden verrannen wie im Flug. Der Kaffe dampfte, Zigaretten und Köpfe qualmten. Kein Schreiben wurde ausgelassen, jedes Bild, jedes Foto eingehend betrachtet. Janine Meierling schwelgte in Jugenderinnerungen. „Ich wusste gar nicht, dass Papa so viele Fotos aufbewahrt hat! Hier eines mit dem großen Keiler, den er geschossen hat!" Sie lachte. „Man kann ihn kaum darauf erkennen, weil er die Hand so komisch vor das Gesicht hält. Da ist ein Foto mit Mama und dort eines von mir als Baby. Das ist ja Mutter Callsen zusammen mit Rüdiger und noch ein Jugendbild zusammen mit Johannes Kalübbe."

Jörg Hamann indessen warf sich erschöpft auf einen Stuhl. „Ich kann nicht mehr. Das ist ja der absolute Horror. Wenn wir zumindest wüssten, wonach wir suchen!"

Karl Jensen legte einen seitenlangen Brief zurück auf einen Stapel. „Eines steht zumindest fest! Ich habe mein Lebtag noch nie so viele Beschwerdebriefe und Korrespondenz mit Streit und Lärm gelesen wie heute. Das wirft schon ein besonderes Licht auf ihren Vater, Frau Meierling." – „Das habe ich ihnen doch schon gesagt. Vater hatte mit allen und jedem Krach."

Karl Jensen drückte energisch seine Zigarette aus. „Ich glaube, für heute reicht es. Wenn sie nichts dagegen haben, Frau Meierling, werde ich alle Unterlagen mit nach Kiel nehmen und in einer ruhigen Stunde nochmals sichten. Sie bekommen selbstverständlich alles zurück."

Janine Meierling winkte ohne Zögern ab. „Klar, ich bin froh, wenn der ganze Kram erst mal aus dem Haus ist."

„Ach eine Frage noch, Frau Meierling. Gibt es vielleicht irgendetwas, was sie in diesem Zimmer oder bei all den Unterlagen vermissen?"

Doch diese zuckte nur mit den Achseln, während ihre Augen durch das Zimmer schweiften. „Ich wüsste nicht, Herr Kommissar."

„Aktion beendet", verkündete dieser, legte die Unterlagen in einen großen Pappkarton und verschwand damit in Richtung Tür. Jörg Hamann blickte mitleidig hinterher. „Tauschen möchte ich jetzt nicht mit ihm. Das ist ja wie die Suche nach der Nadel im berühmten Heuhaufen."

Kapitel 32

Rüdiger Callsen trat ein wenig außer Atem und trotz nasskalten Wetters verschwitzt in die Gaststube des Dorfkruges „Zur Eiche“ ein. Die große Standuhr neben dem Tresen schlug gerade zum zwölften Mal. „Moin, Rüdiger!“ begrüßte der Gastwirt den einzigen Gast, denn alle anderen Dorfbewohner widmeten sich zu dieser Zeit dem Mittagessen. „Moin, Moin Otto, gib mir bitte ein Spezi und wenn du hast, zwei heiße Bockwürste“, entgegnete Rüdiger Callsen kurz und bündig. „Was verschlägt dich denn um diese Zeit in den Krug? Musst du heute nicht arbeiten?“ fragte Otto Köppen, seines Zeichens Gastwirt in der dritten Generation mit unverhohlener Neugier und blickte sein gegenüber lauernd an. „Ich bin für die ganze Woche krank geschrieben wegen des Mordes am Alten. Im Krankenhaus meinen sie alle, ich müsste vor Trauer zerfließen. Dabei ist doch nur ein Trinker weniger auf der Welt, paa!“ Rüdiger Callsen ließ eine wegwerfende Handbewegung folgen. „Bring mir lieber meinen Spezi und meine Würstchen! Nach dem vielen Joggen habe ich einen gehörigen Hunger und noch mehr Durst. Schnaufend und ächzend bewegte sich der dickleibige Wirt in den kleinen Küchentrakt, um nur einige Momente später mit den dampfenden Würstchen zurückzukehren. „Du hast den Senf vergessen und das Besteck fehlt auch noch!“ rief der junge Callsen entrüstet aus. „Senf ist aus und wegen zwei Würstchen wird doch kein Messer oder eine Gabel schmutzig gemacht. Wozu hast du zwei kräftige Hände?“ bemerkte der Gastwirt trocken, während er neidisch den muskulösen Körperbau des jungen Mannes betrachtete.

„Übrigens solltest du junger Spund ein wenig respektvoller über deine Eltern reden. Wenn sie auch von der Hand in den Mund leben mussten und sich den Buckel krumm geschuftet haben, du bist nie zu kurz gekommen. Dein Vater trug all die Jahre seine alte zerschlissene Joppe, während du immer ausstaffiert warst, als wäre jeder Tag ein Sonntag!“ setzte Otto Köppen das durch die Bockwurstzubereitung so abrupt unterbrochene Thema wieder fort, da seine Neugier längst nicht befriedigt worden war.

Rüdiger Callsen lief dunkelrot an, während er mit seinem kräftigen Gebiss Stücke aus dem Würstchen riss wie ein halb verhungerter Löwe an der frisch geschlagenen Beute. „Was weißt du den schon, Otto! Und nenne ihn bloß nicht Vater. Er war Zeit seines kümmerlichen Lebens nichts anderes als ein stinkend faules, versoffenes Subjekt. Von dem Geld, was er bei dir gelassen hat, hätte eigentliche eine große Villa unser sein müssen!“ giftete Rüdiger Callsen sein Gegenüber an. Und mehr zu sich fügte er leise hinzu: “Was hat Mama nicht alles aushalten müssen.“ Sofort griff der Gastwirt diese fast geflüsterten Worte auf: „Wie geht es Meta? Lässt sie dieses ganze Drama genauso unbeeindruckt wie dich?“ Rüdiger Callsen legte gedankenvoll den Kopf in seine großen Hände. „Ich verstehe Mama nicht. Sie ist völlig verzweifelt und weint sich die Augen aus dem Kopf. Den ganzen Tag spricht sie von ihrem Hermann und wie sehr er ihr fehlt. Sie wirkt völlig zerbrochen und wünscht dem Mörder die Pest an den Hals.“ Otto Köppens Gedanken wanderten in die Vergangenheit. „Weißt du, Rüdiger, deine Mutter galt früher mit Fug und Recht als das hübscheste Mädchen von Wessehöft und Umgebung. Es gab kein Tanzvergnügen, an dem nicht zumindest zwei junge Burschen sich ihretwegen in die Haare kriegten. Sogar unser Superarchitekt Meierling mischte kräftig mit und bekam regelmäßig die Hucke voll.“ Rüdiger Callsen lächelte versonnen. „Ja, sie war wirklich die schönste im Dorf. Keiner konnte ihr das Wasser reichen.“ Plötzlich verdüsterte sich sein Blick und jeder Muskel seines Körpers straffte sich. Mit Tränen in den Augenwinkeln blickte er dem Gastwirt verzweifelt ins Gesicht. „Und was ist aus ihr geworden? Eine frühzeitig gealterte Frau mit zerfurchtem Gesicht.

Gicht und Rheuma quälen sie Tag und Nacht." Wütend schlug Rüdiger Callsen mit der Faust auf den Tisch, so dass Glas und Teller klirrten und schepperten. „Das hat alles er ihr angetan! Er hat sie quasi getötet! Doch ich werde sie beschützen, werde nicht zulassen, dass irgendeiner ihr etwas zu Leide tut." „Nun zertrümmere nicht gleich mein ganzes Mobiliar." grummelte Otto Köppen. „Erzähle mir lieber, was du glaubst! Wer könnte für die Morde verantwortlich sein?" Rüdiger Callsen winkte unwillig ab. „Was heißt hier ermordet? Mein Alter, der Depp war doch betrunken wie eine Strandhaubitze. Bestimmt torkelte er kreuz und quer über die Straße, ein Autofahrer bremste nicht rechtzeitig und bumm… Er trägt selbst die Schuld an allem!" „Und der Mord an Meierling? Da tappt die Polizei scheinbar auch noch im Dunkeln." Über Rüdiger Callsen huschte ein kurzes Lächeln. „Den finden sie nie. Das war hundertprozentig einer von den vielen gehörnten Ehemännern. Der ist längst über alle Berge und die Polizei stolpert immer noch erfolglos aber unverdrossen hier im Dorf herum." Otto Köppen schüttelte energisch den Kopf: „Unsinn, Alwin Olsen ist doch verhaftet worden. Das geschah doch nicht ohne Grund." „Schnee von gestern, Otto, dem konnten sie nichts anhaben. Alwin steht längst wieder in seinem geliebten Kuhstall und kümmert sich um seine Milchquote. Ich fahre doch regelmäßig zu ihm raus und bringe ihm die Medikamente aus der Stadt mit." Otto Köppen stampfte schwerfällig hinter den Tresen und goss sich einen doppelten Korn ein. Mit einem kurzen ruck verschwand der Hochprozentige im breiten Gesicht. „Für den besseren Durchblick und so", dozierte er mit Kennermiene. „Ich weiß nicht recht, Rüdiger, ich glaube, das war kein Auswärtiger. Überleg doch einmal, was innerhalb von kürzester Zeit alles passiert ist: Meierling erschossen, dein Vater tot, Kalübbe halb tot und jetzt noch der Einbruch bei Meierlings. Das ist mir nicht geheuer!" Rüdiger Callsen richtete sich steif auf. „Was sagst du da, bei Meierlings wurde eingebrochen? Wann ist das passiert?“

„Vorletzte Nacht, habe ich zumindest gehört. Der Polizeiwagen stand zumindest am Morgen darauf auf Meierlings Hof.” Der junge Mann zog nachdenklich die Stirn in Falten: „Das ist wirklich seltsam. Unmöglich! Das kann doch nicht sein! Wer bricht schon in das eigene Haus ein?“ Otto Köppen schenkte sich schnell noch einen weiteren Schnaps ein. Seine Hand zitterte wie auch seine Stimme: „Was hast du gesehen, Rüdiger? Los erzähl und spann mich nicht auf die Folter!“ „Ich fuhr in dieser Nacht noch zur Apotheke, weil es Mama so schlecht ging.“ „Ja, und?“ Der Wirt trommelte nervös mit seinen fleischigen Fingern auf den Tresen. „Da sah ich Regine Meierling ums Haus laufen. Ich glaubte zumindest, dass sie es war.“ „Du musst zur Polizei gehen!“ stammelte Otto Köppen mit einem angenehm prickelnden Gefühl im Magen, bedingt durch die aufregenden Neuigkeiten. Oder war es der Alkohol?

Energisch erhob sich Rüdiger Callsen von seinem Stuhl: „ich weiß, ich kenne meine Pflicht! Was bin ich dir schuldig?“ „Lass mal gut sein, diese Runde geht auf mich“, antwortete der Wirt großzügig und bedauerte im selben Moment seinen vorschnellen Verzicht.

Kapitel 33

Keuchend und ächzend schleppte Karl Jensen den schweren Karton mit den gesammelten Werken aus Meierlings Arbeitszimmer über die schier endlos scheinenden Flure und Treppen des Polizeigebäudes. Trotz der kalten Witterung lief ihm der Schweiß von der Stirn und vor allem der nicht weg zu diskutierende Bauch erschwerte, trotz krampfhaften Einziehens, erheblich den Transport. Viel mehr als die ganze Plackerei störte ihn jedoch die übertrieben mitleidsvollen Blicke und das hämische Grinsen seiner Kollegen. Endlich im Büro angekommen, ließ er den Karton erleichtert in eine Ecke fallen, so dass es laut krachte, während er selbst, nach Luft japsend, in seinen Bürostuhl sackte. Martin Blöcker fuhr erschreckt auf. „Musst du unbedingt solch einen Radau veranstalten, während ich versuche, mich zu konzentrieren?“ beschwerte er sich verärgert bei seinem Kollegen.

„Tut mir leid, Martin, ich dachte ich hätte als Polizist in diesem Verein angeheuert und nicht als Möbelpacker. Für diese Schlepperei bin ich einfach schon zu alt..“ „Zu dick und zu wenig trainiert wolltest du wohl sagen!“ erwiderte dieser süffisant. Karl Jensen winkte konsterniert ab. „Erzähl mir lieber, was du da angeblich so konzentriert treibst!“ „Ich habe mir von der Bank Meierlings Kontoauszüge des ganzen letzten Jahres in Kopie vorlegen lassen.“

„Ja, und, hast du irgendwelche Auffälligkeiten feststellen können?“ fragte Karl ungeduldig. „Fest steht, dass Meierling als Architekt nicht schlecht verdient hat. Aber scheinbar lebte er gleichzeitig auf ziemlich großen Fuß, denn das Konto war ständig überzogen. Vor allem die hohen Barabhebungen würden uns vor Neid erblassen lassen“, konstatierte Blöcker. „Wer hat, der hat!“ entgegnete Karl Jensen frustriert. „Lass deine dummen Sprüche, Karl. Ich frage mich wirklich, warum hebt einer regelmäßig jeden Monat 1000,- Euro in bar ab, wenn er gleichzeitig all seine anderen Bankgeschäfte online über das Internet abwickelt?“ Karl Jensen tat die Argumentation seines Kollegen mit einer kurzen Handbewegung ab. „Was weiß ich! Ich kann dir nur sagen, warum ich nicht regelmäßig so viel Bares abhebe. Weil mir die Gehaltszahlung meines Arbeitgebers dazu gar keine Chance gibt. Ist das etwa alles, was du bisher herausgefunden hast?“ „Hör endlich auf mit Deiner unausstehlichen Nörgelei, Karl! Was ist dir heute bloß über die Leber gelaufen?“

Karl Jensen schaute seine Gegenüber entschuldigend an. „Tut mir leid, Martin, es ist nur diese Machtlosigkeit, die mich ärgert. Immer noch fehlt uns der entscheidende Anhaltspunkt, immer noch spielt da einer Katz und Maus mit uns und amüsiert sich wahrscheinlich köstlich über die Unfähigkeit der Polizei. Da soll man nicht aus der Haut fahren?“

Martin Blöcker nickte versöhnlich. „Das verstehe ich, Karl, mir geht es ähnlich. Aber verlasse dich drauf, wir kriegen ihn!“ – „Bist du so sicher, dass es sich um einen Mann handelt?“ fragte Karl Jensen verwundert. Verwirrt schaute Martin Blöcker ihn an. „Nein, nein, absolut nicht. Das ist mir einfach so herausgerutscht.“ Für einen Moment herrschte Schweigen und beide Kommissare hingen ihren Gedanken nach. „Übrigens“, nahm Martin Blöcker das Gespräch wieder auf, „die Leiche von Meierling ist von der Pathologie freigegeben worden und er wartet darauf, feierlich zu Grabe getragen zu werden.“ „Na, dann erhält er ja endlich sein letztes Halali“, kommentierte Karl Jensen diese Aussage, „nur schade, dass die nächste Angehörige auf der Fahndungsliste steht und nach wie vor flüchtig ist.“ – „Die Studentenbude ihrer Tochter wird nach wie vor rund um die Uhr observiert, bislang ohne jeden Erfolg“, ergänzte Martin Blöcker die Ausführungen seines Kollegen geistesabwesend. – „Du, sag mal Karl, was ist denn ein ‚letztes Halali‘. Etwa so etwas wie der letzte Wille?“ Karl Jensen grinste seinen Kollegen mit überlegenem Gesichtsausdruck an. „Das weißt du nicht, der Begriff gehört doch zur Allgemeinbildung. Ich muss mich schon sehr wundern.“ Martin Blöcker zeigte sich davon wenig beeindruckt. „Lass deine Frotzelei und teil dein Wissen freundlicherweise mit mir!“ – „Na, dann will ich deine Wissenslücke mal schließen. Das „Halali“ ist ein Jagdsignal als letzter Gruß für ein erlegtes Wild, das aber auch für einen verstorbenen Jäger als letzten Gruß geblasen wird. es gehört damit zum traditionellen waidmännischen Brauchtum.“ Jetzt war es an Martin Blökker, gelassen abzuwinken. „Alte Kamellen also, wer kann das als moderner, gebildeter Mensch schon wissen!“ Karl Jensen lachte. „Lass das nur keinen Jäger hören, mein lieber Martin.“

Abrupt wechselte Martin Blöcker das Thema. „Du, Karl, deine These von einer Tatverdächtigen schwirrt mir immer noch im Kopf herum. Doch welche Frau außer Regine Meierling käme denn deiner Ansicht nach noch in Fragen?“ Grübelnd steckte sich dieser eine Zigarette an und zog den Rauch tief in die Lungen ein, während Martin Blöcker grummelnd aufsprang und die Fenster aufriss.

„Zuallererst fällt mir die kleine Meierling ein“, begann Jensen seine Aufzählung. „Sie hat, objektiv gesehen, kein Alibi. Ein mögliches Motiv könnte ein Racheakt für ihre geliebte Mutter sein. Mein Bauch spricht zwar ein klares Nein, doch die Fakten schließen es nicht aus. Zum anderen haben wir Frau Olsen, die Ihrem Mann zu Gefallen die tat begangen haben könnte. Auch hier liegt kein Alibi vor.“

„Vergiss nicht, Karl, Meierling besaß den Ruf eines Schürzenjägers. Vielleicht haben wir es mit verletztem Stolz und nicht mehr erwiderter Liebe, die in Hass umschlug, zu tun.“

Karl Jensen nickte. „Du hast recht, Martin, wir sollten in seinem privaten Umfeld nach einer schnöde abgelegten Geliebten suchen." Das Telefon schrillte und unterbrach die Gedankenspiele der beiden Kommissare. Martin Blöcker nahm den Hörer ab, nickte, notierte und suchte mit der anderen Hand bereits nach dem Autoschlüssel. Fragend blickte ihn Karl Jensen an. „Vielleicht eine erste heiße Spur, Karl. Das war Rüdiger Callsen. Er hat eben erst von dem Einbruchsversuch erfahren, sonst hätte er sich schon früher gemeldet. Er hat in der besagten Nacht eine Frau um das Haus von Meierling schleichen sehen und er ist sich ziemlich sicher, dass es sich um Regine Meierling handelte." Karl Jensen fiel vor Überraschung fast die Zigarette aus dem Mund. „Und? Hast du den jungen Mann gleich hierher beordert?" Martin Blöcker blickte ein wenig verlegen zu Boden. „Nein seiner Mutter geht es nicht so gut. Er möchte sie nicht allein lassen und bat darum, dass wir ihn zu Hause aufzusuchen." „Na dann mal los, Martin! Ich werde mir derweilen die Unterlagen aus Meierlings Büro noch einmal anschauen. Howido und Waidmannsheil!" Martin Blöcker drehte sich verwundert um. „Was ist denn das schon wieder?" Karl Jensen lachte. „Viel Erfolg Martin!"

Die Bürotür schloss sich. „Vielleicht ist unsere Theorie von einer Mörderin gar nicht so weit hergeholt und wir sind dichter dran, als wir ahnen", grübelte Karl Jensen, während er sich die ersten Unterlagen aus dem großen Karton ansah.

Kapitel 34

Janine Meierling saß allein im Wohnzimmer ihres Elternhauses und blätterte gedankenlos in den alten Fotoalben. Sie betrachtete die Jugendbilder ihrer Eltern mit den lachenden Gesichtern und den verliebten Blicken, die sie sich gegenseitig zuwarfen. „Wie viel Zuneigung und wie viel Vertrauen auf eine glückliche, gemeinsame Zukunft strahlen die alten, vergilbten Fotos doch aus“, grübelte sie, während ihr die Tränen in die Augen stiegen. „Und was ist daraus geworden? Gegenseitiges Misstrauen, Hass, der Drang, den Partner auf jede nur erdenkliche Weise zu treffen und zu verletzen.“ Sie blätterte die Seite um. Sie sah sich selbst in einem Planschbecken unter der großen Eiche im Vorgarten, deren langen, kahlen Äste durch das Fenster des Wohnzimmers lugten, sich leise auf und ab bewegten, als resümierten sie selbst über diese längst vergangene Zeit. Janines Blick wanderte zurück zu dem alten Foto. Ein leises Lächeln huschte über ihr Gesicht. „Mein Gott, was hatte ich doch für rosige Pausbäckchen und für kleine, dicke Ärmchen. Und was für strahlende, hoffnungsfrohe Augen, die sich an dem Moment des Augenblicks freuten und noch nichts ahnten von all der Trauer und Verzweiflung der folgenden Jahre. Eltern, die sich gegenseitig anschrieen, sich bedrohten. Geballte Fäuste, Vasen, die an den Wänden zerschellten und ein kleines Mädchen, das weinend und schluchzend zusammengekauert in einer Ecke ihres Zimmers saß. Entschlossen, wie um dieses Kapitel ihres Lebens endgültig abzuschließen, klappte sie das Fotoalbum abrupt zu. Urplötzlich tauchte vor ihr das junge, sympathische Gesicht von Jörg Hamann auf. „Ob wir wohl einmal genauso enden werden wie Papa und Mama, wenn wir mal heiraten?“ schoss es ihr durch den Kopf. Die leise Melodie des Handys riss sie aus ihren schweren Gedanken.

„Janine Meierling“, meldete sie sich etwas verärgert, da

sie die Störung irgendwie als unpassend empfand. Doch dieses Gefühl wich ebenso schnell hektischer Nervosität. „Oh, Mama, Du bist es! Wo bist du? Ist Gut! Ich fahre sofort los! Ja, ich bin vorsichtig!“

Janine stürmte durchs Haus und hetzte zum Auto. Mit aufheulendem Motor und durchdrehenden Rädern raste sie die Hofeinfahrt hinunter und lenkte den Wagen in Richtung Kiel. Energisch rief sie sich selbst zur Ordnung. Vielleicht werde ich von der Polizei überwacht und auffälliger kann man sich nun wirklich nicht verhalten!“ Sie drosselte das Tempo ihres Autos und bog bei der nächsten sich bietenden Gelegenheit ab, um den Weg nach Kiel kreuz und quer über die Dörfer fortzusetzen. Der ständige Blick in den Rückspiegel wurde alsbald von Erfolg gekrönt, denn Janine Meierling beobachtete mit großem Vergnügen einen dunkelroten VW Golf, der kontinuierlich etwa zweihundert Meter hinter ihrem Wagen zurückblieb, Kurzerhand verringerte sie ihr Tempo auf Schrittgeschwindigkeit, doch ihr Verfolger blieb stets auf dem gleichen Abstand. Nach einer engen Kurve verlor sie für einen kurzen Moment den Sichtkontakt und bog kurzerhand in einen Feldweg ein, der durch ein kleines Fichtenwäldchen bereits nach wenigen Metern nicht mehr einzusehen war. Das Täuschungsmanöver gelang, der Golf fuhr ohne zu zögern an dem Feldweg vorbei, Janine Meierling wartete weitere fünf Minuten ab und setzte dann fröhlich pfeifend, ihren Weg in die Landeshauptstadt fort. Doch das Hochgefühl, ihren Verfolger abgeschüttelt zu haben, währte nur einige Augenblicke, denn der nächste Blick in den Rückspiegel ließ sie den dunkelroten Golf wieder mit dem üblichen Sicherheitsabstand erkennen. Janine Meierling nickte anerkennend. „Pfiffiges Kerlchen“, dachte sie sich, „wir wollen doch einmal sehen, wer hier wem überlegen ist.“ Doch auch zwei weitere Versuche, das unerwünschte Anhängsel loszuwerden, scheiterten kläglich.

Janine Meierling gab so schnell nicht auf. Im Gegenteil. Ihr ganzer Ehrgeiz war geweckt, über diesen anmaßenden Polizisten, denn wer sonst könnte sie schon verfolgen, zu triumphieren. Kurz entschlossen griff sie zum Handy. „Hallo Jörg , ich bin's. Bitte stell jetzt keine Fragen! Wir treffen uns in der Tiefgarage in der Innenstadt im untersten Parkdeck in zehn Minuten. Bis gleich."

Ohne auf die hastig eingeworfenen Fragen ihres Freundes zu reagieren, schaltete Janine Meierling das Handy aus und fuhr ohne weitere Finten schnurstracks in Richtung Tiefgarage. Kurze Zeit später erreichte sie das vereinbarte Parkdeck und erblickte zu ihrer Erleichterung Jörg Hamann, der nervös auf und ab lief. Janine hielt an und sprang aus dem Wagen, während ihr Freund aufgeregt auf sie zustürmte. Janine Meierling winkte energisch ab. „Keine Fragen, jetzt! Setz dich ins Auto, schling' dir mein Kopftuch um und fahre kreuz und quer durch die Stadt. Es muss unbedingt so aussehen, als ob ich fahren würde. Schnell jetzt, mein Verfolger muss gleich um die Ecke biegen!"

Jörg Hamann blickte sie zwar völlig verstört und verdutzt an, doch er tat, was von ihm verlangt wurde. Kaum verschwand die Stoßstange des Wagens um die Ecke, bog der dunkelrote Golf in das Parkdeck ein. Janine Meierling drückte sich katzengleich an einen der großen Betonpfeiler, ängstlich darum bemüht, nicht von den Lichtkegeln der Scheinwerfer erfasst zu werden. Das Kunststück gelang. Ohne das Mädchen zu bemerken, durchquerte der Wagen das Parkdeck und folgte eilig dem anderen Auto. Erleichtert lief Janine die Treppen empor und atmete, oben angekommen, die kalte, klare Luft des Februartages ein.

Immer noch misstrauisch schlug sie auch jetzt nicht den direkten Weg ein. Sie zwang sich zur Ruhe, wanderte durch die gesamte Einkaufsstraße und bummelte durch mehrere Boutiquen und Läden bis sie absolut sicher war, ohne ungebetene Begleitung unterwegs zu sein. Dann bog sie in die mit Kopfsteinpflaster ausgelegte Sackgasse ein, an deren Ende sich die kleine Kirche befand. Mit aller Kraft drückte sie gegen die schwere, eisenbeschlagene Eichenholztür, bis diese sich leise quietschend öffnete. Sie trat ein in das kalte Halbdunkel der alten Kirche und ihr Blick glitt an den leeren Holzbänken entlang. Plötzlich entdeckte sie vorn im Chorgestühl eine einzelne Frau. Ein kurzes Erkennen, ein leiser Aufschrei, sie stürmte nach vorn und schon lagen sich die beiden Frauen in den Armen. „Mama!“ flüsterte Janine. So viel wollte sie sagen, doch nichts, kein Wort kam über ihre Lippen. Fest klammerte sie sich an ihre Mutter, wollte sie festhalten für alle Zeit.

Regine Meierling stand unbeweglich da und genoss die so lang vermisste Zweisamkeit mit ihrer Tochter. „Hier sind Papa und ich vor vielen Jahren getraut worden, hier will ich dir alles erzählen, die ganze Wahrheit. Die beiden Frauen setzten sich und hielten sich gegenseitig die Hände. Regine Meierling begann zu sprechen und es wurde ein sehr langes Gespräch.

Kapitel 35

Kommissar Jensen stierte mit leerem Blick auf die vor ihm ausgebreiteten Unterlagen, die er aus dem Arbeitszimmer von Stefan Meierling ins Büro mitgenommen hatte. Seine Gedanken jedoch wanderten in die Zukunft. Er sah eine Wiege in seinem Hause stehen mit einem gesunden, lachenden Säugling darin. Er sah seine überglückliche Frau und sich selbst als stolzen Vater. Sein Blick wanderte zurück zu seinem Schreibtisch mit der dampfenden Kaffeetasse darauf und der qualmenden Zigarette in seiner Hand. Unwillkürlich wanderte die andere Hand zum Bauch, der machtvoll und üppig überquoll. „Gesund kann das alles nicht sein", dachte Karl Jensen selbstkritisch. „Ich sollte das Rauchen zumindest einschränken und mich mal wieder sportlich betätigen."

Energisch drückte er die Zigarette aus und zog den Bauch, soweit es irgend ging, ein. „Ab heute Abend gibt es nur noch Obst zum Abendbrot und das Bier wird vollständig gestrichen!" Nach diesen weitreichenden Entscheidungen in punkto Gesundheit und Ernährungslage seufzte Karl Jensen befriedigt auf und sah verliebt das Foto seiner Frau auf dem Schreibtisch an.

Automatisch griff er zur Zigarettenschachtel, hielt bereits Zigarette und Feuerzeug in den Händen, stutzte und legte alles, sehr über sich selbst verärgert, wieder auf den Schreibtisch zurück. „Wer als Vater eine gute Figur machen will, muss eben leiden!" tröstete er sich selbst und wandte sich wieder konzentriert den Unterlagen auf seinem Schreibtisch zu. Jedes Schreiben nahm er genauestens unter die Lupe, jedes Bild unterzog er einer akribischen Betrachtung, doch ein viel versprechender Anhaltspunkt ergab sich nicht. Immer wieder schüttelte Karl Jensen seinen Kopf. „Was mag der Einbrecher nur gesucht haben? Bin ich überhaupt auf der richtigen Spur oder verschwende ich nur meine Zeit?" Während dieser tiefsinnigen Betrachtungen klingelte das Telefon. Verärgert wegen der unerwarteten Störung giftete Jensen den Anrufer an: „Was gibt es denn so Wichtiges? Ich wollte doch nicht gestört werden!" „Tut mir leid, Herr Kommissar", klang es kleinlaut aus dem Hörer, „das Krankenhaus rief eben an. Johannes Kalübbe ist soeben aus seiner Bewusstlosigkeit erwacht und möchte sie unter allen Umständen sprechen." Karl Jensen horchte interessiert auf. „Das ist natürlich etwas anderes", antwortete er besänftigt. „Vielen Dank für die Information. Ich fahre sofort zum Krankenhaus." Karl Jensen warf sich seinen Mantel über den Arm und stürmte aus dem Büro. Die Türklinke schon in der Hand, klingelte erneut schrill das Telefon. Jensen riss es regelrecht herum und etliche Flüche ausstoßend, dass seinen Anordnungen schon wieder nicht Folge geleistet worden war, brüllte er voller Wut in den Telefonhörer: "Was ist denn nun schon wieder, verdammt noch mal! Ihr seid ja wohl nicht mehr zu retten, mich permanent zu stören!" Am Ende der Telefonverbindung blieb es bemerkenswerterweise mucksmäuschen still, so dass Jensen gerade ansetzte, seine nächste Schimpftirade loszulassen, als eine leise, eine gefährlich leise Stimme aus dem Telefonhörer sprach: „Es tut mir unendlich leid, Herr Kommissar Jensen, dass ich Ihren hoffentlich erholsamen Büroschlaf stören muss. Ich ging jedoch irrtümlicherweise davon aus, dass sie und ihr Kollege Blöcke Himmel und Erde in Bewegung setzen, um die Morde in Wesehöft aufzuklären." Die Stimme, die Jensen unschwer als die von Oberkommissarin Schäfer identifizierte, wurde merklich schärfer. „Ich erwarte ihren Bericht, Jensen, und zwar augenblicklich!" Karl Jensen schluckte einige Male schwer, um sich von der Überraschung zu erholen. Nach einigen tiefen Atemzügen überwog jedoch die Verärgerung. „Sie glauben doch nicht wirklich, Frau Oberkommissarin, dass hier irgendeiner schläft, und dann noch während eines laufenden Ermittlungsverfahrens! Ich bin nur eben auf dem Sprung, denn Johannes Kalübbe hat das Bewusstsein wiedererlangt und will aussagen. Vielleicht wäre es zweckmäßiger, den Bericht auf später zu verschieben." Wie immer zeichnete sich die Oberkommissarin durch eine schnelle Auffassungsgabe und Entscheidungsfreude aus. „Was stehen sie dann hier am Telefon rum, Jensen und halten sich in stundenlangen Debatten auf! Sehen sie zu, dass sie loskommen!" Damit endete das Gespräch.

Karl Jensen schüttelte immer noch ein wenig verdutzt den Kopf und verließ endgültig das Büro. Im Krankenhaus erwartet ihn bereits der betreuende Oberarzt. „Hören sie, Herr Kommissar, der Patient ist nach wie vor sehr schwach. Zu viel Aufregung könnte einen erneuten Kollaps auslösen, deshalb bitte ich sie, seien sie außerordentlich rücksichtsvoll!" Karl Jensen setzte seine altbewährte Schauspielermiene auf. „Ich bitte sie. Ich habe natürlich vollstes Verständnis und werde ihren Patienten so schonend wie nur möglich behandeln!" Dabei präsentierte er sein liebenswürdigstes Lächeln. Der Oberarzt traute ihm augenscheinlich nicht über den Weg, denn der misstrauische Blick, den er auf den Kommissar richtete, sprach Bände. Nur widerwillig öffnete er das Patientenzimmer und ließ den Kriminalkommissar eintreten. Als dieser Anstalten machte, ebenfalls den Raum zu betreten, schob ihn Karl Jensen sanft aber bestimmt wieder hinaus. „Ich werde sie rufen, falls Herr Kalübbe sie braucht, vielen Dank."

Er schloss die Tür langsam aber nachdrücklich und richtete seinen Blick auf den arg lädierten Johannes Kalübbe. Ein riesiger Verband prangte wie ein Turban auf dessen Kopf, die Pupillen schimmerten nur andeutungsweise aus dem verquollenen Gesicht und an den Armen waren diverse Kanülen und Messgeräte befestigt. „Moin, Herr Kalübbe, da haben sie ja noch mal Glück gehabt. Seien sie froh, dass sie so einen harten Schädel haben!" Der so rustikal Begrüßte stöhnte leise auf. „Das war dieses Teufelsweib! Verhaften sie den Satan! Die wollte mich glatt umbringen!“ Karl Jensen zückte demonstrativ sein Notizbuch. „Das ist ja außerordentlich interessant. Dann erzählen sie mir bitte den genauen Tathergang.“ „Ich bin zu Meierlings rübergegangen, um, um äh ja, um ihr mein Beileid auszusprechen. Wir standen im Wohnzimmer und plötzlich aus heiterem Himmel ging sie mit dem Schürhaken auf mich los und schlug auf mich ein! Ein richtig gehendes Mörderweib, Herr Kommissar. Sollte mich nicht wundern, wenn die auch ihren Mann auf dem Gewissen hat!“

Karl Jensen schmunzelte unmerklich. „So, so Frau Meierling schlug also urplötzlich auf sie ein und das scheinbar ganz ohne Grund.“ „Na ja, Herr Kommissar, ich will ehrlich sein. Vielleicht konnte sie nicht ertragen, dass ich so respektvoll und mit großer Hochachtung von ihrem Mann gesprochen habe. Sie wissen ja, ich habe eine hohe Meinung von Stefan Meierling gehabt. Da regte sich wohl ihr schlechtes Gewissen.“ Karl Jensen entging nicht der fuchsartige Ausdruck in Kalübbes Gesicht. „Und sie sagen, sie schlug mit dem Schürhaken auf sie ein?“

„Immer und immer wieder, Herr Kommissar. Ein Wunder, dass ich noch am Leben bin!“ Kommissar Jensen setzte seine amtlichste Miene auf. „So, Kalübbe, die Schauermärchenstunde ist beendet! Ich lasse mich von ihnen doch nicht für dumm verkaufen! Am Schürhaken war kein Tropfen Blut. Ihre Geschichte ist erstunken und erlogen! Sagen sie mir lieber die Wahrheit, denn die kommt, das können sie mir glauben, früher oder später sowieso ans Licht!“

Johannes Kalübbe schwieg demonstrativ. „Hören sie zu, Kalübbe, wir haben Blutspuren am Kaminsims gefunden. Sie sind rückwärts gegen den Sockel gefallen! Niemand hat auf Sie eingeschlagen! Also, noch mal von vorn. Was hat sich an diesem Abend wirklich abgespielt?“

Statt eine Antwort zu geben, drückte Johannes Kalübbe auf den Klingelknopf und in Bruchteilen von Sekunden stand der Arzt mit in die Hüften gestemmten Armen in der Tür. Johannes Kalübbe wimmerte laut und deutlich. „Raus!“ war das einzige, jeden Einwand im Keim erstickende Wort. „Wir sprechen uns noch Herr Kalübbe! Seien Sie sicher!”

Provozierend langsam schloss Karl Jensen das Notizbuch und verließ das Krankenzimmer. Zurück blieben ein aufgebrachter Oberarzt und ein sehr nachdenklicher und wehleidiger Patient.

Kapitel 36

Rüdiger Callsen stand nachdenklich an der Wiese und starrte in Richtung Hochstand, auf dem noch vor einigen Tagen Stefan Meierling gesessen hatte, um auf die Wildschweine zu lauern. Ein scharfer, rauer Wind trieb schwere, dunkle Regenwolken vor sich her und feine Regentropfen kühlten das vom Joggen erhitzte Gesicht. Er spürte die Kälte und die unangenehme Nässe nicht. Seine Gedanken kreisten um Stefan Meierling, diesen großen, kräftigen Mann, der noch vor einigen Tagen selbst die Waffe führte und über Leben oder Tod zu entscheiden hatte. Nur wenig später lag er selbst auf der blanken Erde, ermordet, hingestreckt durch eine einzige Kugel. „Was er wohl in den letzten Momenten seines Lebens gedacht und gefühlt haben mag?" schoss es ihm durch den Kopf. „Ob er wohl ahnte, welch schreckliches Ende das Schicksal für ihn bereit hielt?" Wie zufällig hatte ihn sein heutiger Trainingslauf an diese Wiese geführt und er erschrak regelrecht, als er plötzlich vor dem Hochsitz stand. Plötzlich erschien Stefan Meierlings Gesicht vor seinem geistigen Auge. Er sah den großen Mann sich lachend auf die Schenkel schlagen, voll von strotzender Lebensfreude. Er erschauerte. Angst ergriff ihn an diesem unheilvollen Ort. Er wollte nur noch weg, weit, weit weg. Abrupt drehte er sich um, Panik in den Augen und er begann zu laufen als unvermittelt Alwin Olson mit seinem Trecker in der Zuwegung auftauchte. Rüdiger Callsen empfand grenzenlose Erleichterung. Endlich ein Mensch, ein lebender, atmender Mensch in dieser trostlosen Einsamkeit. Alwin Olsen hielt den Trecker an und schaltete den Motor ab. „Moin, Rüdiger, was treibt dich denn bei diesem ekelhaften Wetter hier an die Wiese?" „Moin, Alwin, ich hab das zu Hause einfach nicht mehr ausgehalten. Mir fiel regelrecht die Decke auf den Kopf und Mutter ist nach wie vor nicht ansprechbar. Jammert und lamentiert den lieben langen

Tag über den Tod vom Alten."

Alwin Olsen antwortete: „Glaub' ich, dass dir die Decke auf den Kopf fällt", und dachte innerlich feixend, an das baufällige Gemäuer, in dem Rüdiger Callsen mit seiner Mutter hauste. „Und was treibst du ausgerechnet hier untern an der Wiese?" fragte Olsen mit leicht verdutztem Unterton. „Wieso, ist doch nichts Besonderes!" entgegnete Rüdiger Callsen bewusst lässig. „Das ist meine übliche Rennstrecke. Glaubst du etwa, ich hätte Angst, nur weil hier vor ein paar Tagen eine Leiche gelegen hat? Als Rettungssanitäter sehe ich noch ganz andere Dinge, da härtet man ganz automatisch ab. Darf ich fragen, was dich in diesen Teil der Feldmark verschlägt?" Alwin Olsen war die Frage sichtlich unangenehm. „Ich, ich wollte nur mal nach dem Wintergetreide sehen wegen Frostschäden und so. Ist ja wohl mein gutes Recht, oder?" „Ich wundere mich, dich überhaupt so munter mit dem Trecker rumkarren zu sehen. Ich dachte, die Polente hätte dich eingebuchtet!" Alwin Olsens kräftige Finger krallten sich krampfhaft um das Lenkrad und die Zornesadern schwollen auf das doppelte ihrer gewöhnlichen Größe an. Instinktiv trat Rüdiger Callsen einige Schritte zurück. „Wer erzählt so was?" brüllte Olsen ihn wutentbrannt an. „Ist ja schon gut, Alwin. Der dicke Köppen hat mir unter dem Siegel der Verschwiegenheit anvertraut, dieser Kommissar hätte dich eingebuchtet." „Dem Köppen werd ich bei nächster Gelegenheit mal ein paar Takte erzählen! Der muss noch geboren werden, der Alwin Olsen einsperren kann. Du hättest mal sehen sollen, wie ich mit unseren so genannten Ordnungshütern umgesprungen bin. Die haben mich angefleht, wieder zu gehen." Olsen wurde auf seinem Trecker um einiges größer und warf kämpferisch den Kopf in den Nacken. „Übrigens Rüdiger, fein, dass wir uns hier zufällig sehen. Ich bräuchte mal wieder ein bisschen Antibiotika für meine Tiere. Du weißt ja, der Tierarzt nimmt es von den Lebendigen und der Milchpreis fällt immer mehr in den Keller. Du bekommst wie beim letzten Mal Fleisch, wenn ich wieder schlachte." „Klar Alwin, wenn ich dir helfen kann, tue ich das doch gern. Nächste Woche habe ich wieder Bereitschaftsdienst, da wird sich schon eine passende Gelegenheit im Krankenhaus ergeben." „Na dann, vielen Dank auch! Wenn wir nicht zu Hause sein sollten leg die Medikamente am besten in die Milchkammer. Du weißt ja, wo der Schlüssel liegt." „Ist gut Alwin! So, ich muss wieder nach Hause, bekomme gleich noch Besuch. Dann mal viel Spaß bei der Getreidebesichtigung!" Alwin Olsen grinste verlegen, verschluckte eine ärgerliche Antwort und warf den Trecker an, während Rüdiger Callsen joggenderweise in Richtung Dorf verschwand.

Kommissar Blöcker saß derzeit in der so genannten guten Stube der Familie Callsen und hörte sich, innerlich stöhnend, die Trauertiraden der verzweifelten Witwe an. „Mein Hermann, hät keen een wat Böses wullt, wer jimmer ein Förbild an Tugend und Fleiss. Ich kann dat nich verstohn!" Dabei liefen ihr fortwährend die Tränen über die Wangen. „Meine liebe Frau Callsen, ich kann Ihre Trauer begreifen und glauben sie mir, sie haben mein ganzes Mitgefühl, doch…" Martin Blöcker nahm seinen ganzen Mut zusammen, „sprechen sie bitte Hochdeutsch, ich verstehe sonst kein Wort!" Frau Callsen blickte ihr Gegenüber verachtungsvoll an. „Se künnt keen Platt? Wie wollen sie einen Mörder fangen, wenn sie nicht mal vernünftig sprechen können?" Zum großen Entsetzen des Kommissars spuckte ihm die verhärmte Frau vor die Füße, drehte sich um und verschwand in der Küche, das ganze deutsche Rechtssystem und seine Vertreter aufs heftigste dabei verfluchend. „Und das in der guten Stube!" dachte Martin Blöcker noch, als zu seiner großen Erleichterung Rüdiger Callsen den Raum betrat. Er begrüßte den Kommissar mit einem freundschaftlichen Handschlag. „Schön, dass sie kommen konnten, vielen Dank für ihr Verständnis." Martin Blöcker öffnete bereits den Mund, um sich energisch über das verspätete Eintreffen zu beschweren, doch der junge Mann kam ihm zuvor. „Tut mir leid, Herr Kommissar, dass ich sie warten ließ, doch ich musste einfach an die frische Luft, mir die Aufregungen der letzten Zeit von der Seele laufen." Die freundliche Art und weise, sowie die um Verzeihung bittenden Augen, beschwichtigten den Kriminalbeamten. „Ich kann sie ja verstehen, aber wir haben unsere Zeit auch nicht gestohlen. Was haben sie nun in der Nacht des Einbruches gesehen, Herr Callsen?" „Ich konnte nicht schlafen und bin noch mal durch das Dorf gegangen. Dabei beobachtete ich eine Person, die um das Haus von Meierlings lief. Für mich war es klar, dass es Regine war. Ich rief noch „Hallo Regine!" doch ich erhielt keine Antwort. „Sind sie absolut sicher, dass es Frau Meierling war?" fragte Martin Blöcker bedeutungsvoll. „Es war ziemlich dunkel, Herr Kommissar. Beschwören könnte ich es nicht. Die Bewegungen, die Statur ähnelten Regine, aber das Gesicht konnte ich nicht erkennen." Plötzlich starrte Rüdiger Callsen zum Fenster und sprang auf. „Herr Kommissar, da war eben eine Bewegung. Er stürzte aus dem Haus und Martin Blöcker folgte völlig irritiert. Er blickte ein wenig ratlos um, „Keine Menschenseele, das haben sie sich eingebildet." Rüdiger Callsen bückte sich und hob einen Briefumschlag auf, der unter dem Fenster lag. Er öffnete den Umschlag, zog ein Stückchen Papier heraus, las und erbleichte. Wortlos reichte er das Schreiben weiter. Martin Blöcker atmete schwer, als er auf die einer Zeitung ausgeschnittenen Buchstabenfolge blickte. „Erst der Vater, dann der Sohn."

Entschlossen griff er zum Handy. „Hallo Zentrale, hier Blöcker! Ich brauche die Spurensicherung in Wessehöft."

Kapitel 37

Oberkommissarin Schäfer wanderte wie ein eingesperrter Tiger in dem großen Konferenzzimmer auf und ab und fingerte nervös an der voluminösen Perlenkette, die ihren Kummerspeck unter der viel zu engen Bluse dezent kaschierte. Die sonst so zuversichtliche und Optimismus versprühende Chefin des Morddezernates wirkte sichtlich angegriffen. Tiefe Sorgenfalten zerfurchten die Stirn und tiefblaue Augenränder zeugten von etlichen durchwachten Nächten. „Wie in alles auf der Welt soll das nun enden?“ sprach sie laut zu sich selbst. „Ein kleines Dorf sorgt mit seinen Morden und Verbrechen für eine Schlagzeile nach der anderen und wir haben immer noch nicht auch nur die geringste Spur.“ Noch immer klangen ihr überdeutlich die ermahnenden Worte ihres Chefs in den Ohren, der von ihr mehr Führungsstärke und endlich Fakten verlangte, die selbstverständlich nur die Ergreifung des Täters zur Folge haben konnten. Sie war sich zwar darüber im Klaren, dass mit Jensen und Blöcker zwei wirklich ausgezeichnete Kriminalbeamte den Fall in den Händen hatten, doch wie lange gelang es ihr noch, den Druck der Medien, der sich mehr und mehr aufbaute, von den beiden Ermittlern fernzuhalten und sich schützend vor die beiden zu stellen? In diesem Moment betrat Karl Jensen den Raum und erkannte aufgrund des sorgenvollen Gesichtsausdruckes seiner Chefin sogleich, in welcher Gemütverfassung sich diese befand.

„Moin, Frau Schäfer, diese ganze Geschichte geht uns allen langsam an die Substanz, was? Mir wäre es auch lieber, wenn wir endlich etwas Greifbares liefern könnten. Doch es ist irgendwie verhext. Da glaubt man sich fast am Ziel, schon platzt der Verdachtsmoment wie eine Seifenblase und wir fangen wieder von vorne an.“

Oberkommissarin Schäfer blickte ihn durchdringend

an. „Wirklich ermutigend, das gerade von ihnen zu hören, Jensen. Bei der letzten Besprechung waren sie es doch, der so viel Zuversicht ausstrahlte."

Martin Blöcker stürmte in das Besprechungszimmer, nickte den Anwesenden zur Begrüßung kurz zu und zwängte sich dann umständlich aus seinem Wintermantel. Noch während er hektisch an den Ärmeln zerrte, sprudelte es förmlich aus ihm heraus: „Ich habe Neuigkeiten! Ich komme gerade aus Wessehöft von den Callsens. Ihr werdet es nicht für möglich halten, aber…"

„Nun setzen sie sich erst einmal, meine Herren und hören sie sich an, was ich ihnen zu sagen habe", unterbrach Frau Schäfer unerbittlich seinen Redefluss. Ich komme gerade aus einer Besprechung mit unserem Kriminaldirektor. Er äußerte sich außerordentlich ungehalten über die aus seiner Sicht völlig unzureichenden Fahndungs- und Ermittlungsergebnisse in den Mordfällen Meierling und Callsen. Ich versicherte ihm zwar, es werde alles Menschenmögliche getan, doch das interessierte ihn herzlich wenig. Er trägt sich mit dem Gedanken, unserem Morddezernat ein wenig frisches Blut zukommen zu lassen."

Karl Jensen lief hochrot an und glich einer Rakete kurz vor der Explosion. „Was denkt der Kerl sich denn? Wir schlagen uns die Nächte um die Ohren und er sitzt auf seinem A…"

„Es reicht Jensen, sie können sich ihre weiteren Ausführungen zu diesem Thema getrost sparen. Ich weiß ja, was sie leisten, meine Herren und versuche wirklich alles, um ihnen den Rücken freizuhalten. Doch dieser Fall ist ein Öffentlicher geworden. Die Zeitungen sind voll davon. Entsprechend wächst der Druck. Lassen sie uns diese Diskussion abbrechen. Mir ist nur wichtig, dass sie wissen, was sich hinter den Kulissen gerade abspielt."

Oberkommissarin Schäfer schlug demonstrativ die Ermittlungsakte auf. „Wir wollen uns den sachdienlichen Dingen zuwenden. Was gibt es denn nun Neues, Blöcker?“ Martin Blökker bereitete es größte Mühe, seine Wut über das eben Gehörte im Zaum zu halten. „Karl hat Recht, Frau Schäfer, Blutauffrischung, wenn ich das schon höre. Die da oben wissen doch gar nicht…“ – „Kommissar Blöcker, zur Sache bitte“, unterbrach diese den Wortschwall, ohne auch nur eine Miene zu verziehen.

„Also gut, aber was bilden…“ – „Blöcker, es reicht! Zur Sache!“ entgegnete Oberkommissarin Schäfer mit ungewohnter Schärfe. Widerstrebend begann der Gemaßregelte mit seinem bericht. „Rüdiger Callsen hat in meinem Beisein einen anonymen Brief erhalten. Der beinhaltet eine eindeutige Morddrohung. Ich habe den Erkennungsdienst sofort nach Wessehöft beordert, doch es ist wie verhext. Irgendjemand legte den Brief unter das Fenster, doch es gibt keinerlei Fußspuren. Rüdiger Callsen nahm eine Bewegung am Fenster wahr. Wir beide stürmten ohne Zeit zu verlieren aus dem Haus, aber wir entdeckten keine Menschenseele. Auch am Brief oder Umschlag befanden sich keine Fingerabdrücke.“ Karl Jensen schüttelte resigniert den Kopf und sagte zu Frau Schäfter gewandt: „Hexerei, Frau Schäfer, da haben wir es wieder.“

Diese schüttelte unwirsch den Kopf. „Sie glauben doch am Ende nicht wirklich an Schwarze Magie oder übersinnliche Phänomene? Lassen sie Rüdiger Callsen rund um die Uhr beschatten, vielleicht bringt uns das weiter!“

Karl Jensen dachte laut nach: „Weiß der junge Callsen etwas, was er uns bisher verschwiegen hat? Vertraute sein Vater ihm irgendetwas an, was mit den bisherigen Morden zu tun hat?“

„Das habe ich ihn auch gefragt, doch er konnte sich auch selbst keinen Reim darauf machen. Meiner Ansicht nach, wäre der einzige Anhaltspunkt seine Beobachtungen in der Nacht des Einbruches.“

„Wobei wir wieder bei Regine Meierling wären“, ergänzte Karl Jensen die Ausführungen seines Kollegen. „Wenn sie sich wirklich erkannt glaubte, hätte sie ein Motiv“, bestätigte Blöcker nach kurzem Zögern. Karl Jensen zog nachdenklich an seiner Zigarette. „Das passt alles noch nicht zusammen... Sie hätte auch vorher die Möglichkeit und die Zeit gehabt, den Schreibtisch zu durchwühlen. Dazu hätte es keines Einbrechens bedurft!“

„Meines Erachtens nur bedingt logisch, meine Herren. Vielleicht wollte sie den Verdacht bewusst von sich ablenken. Für mich bleibt sie die Hauptverdächtige, wobei wir auch Olsen noch nicht von der Liste streichen sollten, immerhin gehörte ihm die Waffe. Was hat denn das Gespräch mit Kalübbe erbracht, Jensen?“

„Scheinbar deuten wirklich immer mehr Verdachtsmomente auf Regine Meierling hin, denn auch Kalübbe schwört Stein und Bein, dass die Frau ihn ermorden wollte und auf ihn eingeschlagen hat. Doch er verwickelte sich in Widersprüche. Ich gebe offen zu, ich glaube ihm nicht.“

„Mit anderen Worten, wir brauchen diese Frau und zwar so schnell wie möglich“, resümmierte Oberkommissarin Schäfer, „Lassen sie ihr Bild in allen Tageszeitungen veröffentlichen und informieren sie Funk und Fernsehen. Sie kann sich doch nicht in Luft aufgelöst haben. Außerdem sollten wir uns nochmals mit den Olsens beschäftigen.“

„Genau, denn Frau Olsen haben wir bisher völlig außer Acht gelassen“, warf Martin Böcker ein. – „Na dann, frisch ans Werk, meine Herren! Geben sie Gas oder gehören sie schon zum alten Eisen?“ rief Oberkommissarin Schäfer aufmunternd und zwinkerte mit den Augen.

Die so Motivierten sprangen wie auf Kommando von ihren Stühlen und verließen laut schimpfend und wild gestikulierend das Besprechungszimmer. „Verrückte Bande!“ schmunzelte ihre Chefin und folgte etwas langsamer.

Martin Blöcker schimpfte immer noch wie ein Rohrspatz, während die beiden schneller als allgemein erlaubt in Richtung Wessehöft fuhren. „Hast du gehört, was die Schäferin gesagt hat, von wegen altem Eisen und Blutauffrischung? Da hört ja wohl alles auf! Wenn die so weiter redet, schmeiße ich ihr den ganzen Mist vor die Füße!“ Karl Jensen winkte beschwichtigend ab, obwohl ihm das eben Gehörte ebenfalls gehörig gegen den Strich ging.

„Nun lass mal, Martin! Du kennst sie doch auch schon lange genug. Die wird von der obersten Heeresleitung noch ganz andere Dinge mit auf den Weg bekommen haben und hat versucht, uns die Vorwürfe so schonend wie möglich beizubringen.“

„Nun nimm sie noch in Schutz! Dann sollen die hohen Herren sich ihre Mörder selber fangen. Wir wollen mal sehen, ob die Aufklärungsquote nur halb so hoch ist wie unsere. Vom grünen Tisch aus kann ich auch große Töne spucken!“

„Hast ja Recht Martin, aber sei mal ehrlich, wurmt es dich nicht auch, dass wir bisher so gar nicht fündig geworden sind? Ich zumindest könnte mich sonst wohin beißen!“ – „Geht mir ja nicht anders, Karl, aber musste die Schäferin uns das so brutal auf das Butterbrot schmieren?“

Karl Jensen sah seinen Kollegen verstohlen von der Seite an, erblickte das beleidigte Gesicht, gluckste und bekam plötzlich einen Lachkrampf. Erbost schaute Blöcker auf seinen Mitfahrer, setzte bereits zu einer Schimpfkanonade an, stutzte und brach ebenfalls in lautes Lachen aus. „Jetzt weiß ich zumindest, was ein Lachsack ist, Karl!“ – „Wo siehst du einen Lachsack?“ stotterte Karl Jensen, weil er vor lauter Lachen kaum Luft bekam. „Guck dir doch einmal deine Wampe an! Die geht auf und ab wie ein Blasebalg oder ein Lachsack eben!“

Unwillkürlich zog Karl Jensen seinen Bauch ein, entgegnete jedoch kämpferisch: „So ein exquisites Stück hast du nicht zu bieten! Das spricht doch der blanke Neid!“

Als die beiden Kommissare kurze Zeit später den Ortseingang von Wessehöft erreichte, war all der Frust und Ärger bereits wieder verflogen und es folgte eine intensive Diskussion über die weitere Taktik. „Lass uns erst zu Olsen fahren, Martin. Dort setzt du mich dann ab und fährst weiter in die Gastwirtschaft.“ „Hältst du das für richtig, Karl, alleine bei Olsen?“ – „Kein Problem, Martin, der sieht sich vor! Hör du dich in der Zwischenzeit in der Gastwirtschaft um, denn es gibt nichts Informativeres als den altbewährten Dorfklatsch.“

„In Ordnung, Karl, ist mir auch viel lieber, als mich mit dem cholerischen Olsen herumzuschlagen.“ Wenige Minuten später hielten die beiden Kommissare vor dem sauberen und gepflegten Bauernhaus. Karl Jensen stieg aus, klingelte, die Tür öffnete sich und Frau Olsen stand ihm gegenüber. „Tut mir leid, Herr Kommissar, mein Mann ist kurz weggefahren und außerdem, was wollen sie denn noch von ihm?“ „Ich habe doch noch die eine oder andere Frage. Ich schlage vor, ich warte solange auf ihren Mann und in der Zwischenzeit unterhalten wir beide uns.“ Nur widerstrebend bat Frau Olsen den unangemeldeten Besucher in das Wohnzimmer. Karl Jensen nahm auf einem der alten, Hand geschnitzten Eichenstühle Platz und betrachte bewundernd die ausgewählten Stücke in der Vitrine.

„Sobald wir ihr goldenes Feuerzeug nicht mehr als Beweisstück benötigen, erhalten sie es selbstverständlich zurück, Frau Olsen.“ begann Karl Jensen das Gespräch. Frau Olsen zeigte sich sichtlich erleichtert über das für sie unverfängliche Thema und reagierte sofort: „Da habe ich Alwin aber die Leviten gelesen. Das unersetzliche Erinnerungsstück einfach still und heimlich aus dem Schrank zu nehmen und dann noch zu verlieren. Und das alles nur wegen der blöden Raucherei!“ Karl

Jensen stimmte, wenn auch mit schlechtem gewissen in Hinblick auf diverse von ihm verlorene Feuerzeuge und Zündholzschachteln mit einem kurzen Kopfnicken, zu. Für einen Moment schien es, als wäre den beiden der Gesprächsstoff ausgegangen, denn sie saßen sich schweigend gegenüber, während Frau Olsen immer nervöser auf ihrem Stuhl hin und herrutschte.

„Vielen Dank, Herr Kommissar, dass sie Alwin nicht eingesperrt haben, das hätte er nicht verkraftet“, begann sie stockend und Karl Jensen blieb nicht verborgen, wie viel Kraft und Überwindung sie dieses Eingeständnis kostete. „Ihr Mann hat sich aber auch nach Kräften bemüht, sich in diese missliche Lage zu manövrieren. Es fehlte wirklich nicht viel und der Haftbefehl wäre ausgestellt worden. Anstatt sich in Lügen und Halbwahrheiten zu verstricken, hätte er lieber von vornherein reinen Tisch machen sollen!“

Knirschende Geräusche auf dem Kopfstein gepflasterten Hof ließen Frau Olsen erleichtert aufspringen. „Oh, ich glaube, Alwin kommt. Ich sage ihm schnell Bescheid, dass sie da sind, Herr Kommissar.“ Sekunden später saß Karl Jensen allein in der geräumigen Stube und schüttelte schmunzelnd den Kopf. „Mehr Angst als Vaterlandsliebe und dazu der verdammte Stolz, was für eine brisante Mischung“, konstatierte er nachdenklich. Momente später betrat Frau Olsen wieder den Raum. „Das war nur Rüdiger Callsen, wollte Alwin etwas bringen“, erklärte sie beiläufig und nahm wieder Platz. Karl Jensen tat diese Mitteilung als nicht Ziel führend ab und nahm den Gesprächsfaden wieder auf.

„Wie ich schon sagte, ihr Mann hat sich selbst in eine äußerst prekäre Lage gebracht. Sein Alibi steht nach wie vor auf äußerst wackeligen Füßen. Für den Mord an Stefan Meierling existiert nur sein eigenes Wort, dass er unschuldig ist. Es gibt keinerlei Zeugen für seine nächtliche Wanderung!“

„Natürlich gibt es die“, platzte Klara Olsen unüberlegt

heraus und stockte im selben Moment als ihr die Tragweite ihres spontanen Ausrufes bewusst wurde. Karl Jensen fasste sofort nach. „Was sagen sie da? Warum haben sie das bisher verschwiegen? Wer sah ihren Mann?“ Klara Olsen hielt es nicht mehr auf ihrem Stuhl. Sie sprang auf und lief aufgeregt hin und her. „Ich meine, ich glaube, bestimmt hat ihn einer gesehen!“

„Frau Olsen, lassen sie das Herumdrucksen sein und sagen sie mir die Wahrheit!“ „Oh, Gott, was habe ich mich verplappert. Wenn Alwin hört, ich habe ihn verfolgt, das verzeiht er mir nie!“ Karl Jensen starrte die Bauersfrau verblüfft an. „Sie wollen Ihrem Mann gefolgt sein? In alles in der Welt, warum denn?“

„Sehen sie, Alwin hatte an dem bewussten Abend ziemlich viel getrunken und war in einer recht, na ja, unausgeglichenen Verfassung. Er sagte, er wolle noch in den Krug und ich dachte, bevor noch etwas passiert, gehe ich lieber hinterher.“ „Aber ihr Mann hat die Gaststätte doch gar nicht aufgesucht?“ wandte Karl Jensen ein. „Ja, das wunderte mich auch sehr, als er schnurstracks in die Feldmark stiefelte. Darum kehrte ich auch wieder um. Der verläuft sich seine Galle in der frischen Luft, dachte ich, das kann nur gesund sein. Und wenn er mich entdeckt hätte, wäre der Teufel los gewesen.“

„Haben sie den Schuss gehört, Frau Olsen?“ „Ja, habe ich, aber Alwin war es nicht, das kann ich beschwören! Erstens waren wir noch ziemlich weit weg von der Wiese und zweitens hätte ich es bestimmt bemerkt, wenn er den großen Revolver bei sich getragen hätte.“

„Der Revolver, es ist gut, dass sie ihn erwähnen, Frau Olsen. Wie erklären sie sich das Verschwinden aus dem Waffenschrank?“ Klara Olsen lachte kurz auf. „Ach, wissen sie, Herr Kommissar, nichts leichter als das! Man muss sich nur ein bisschen auskennen. Die Haustür ist zur Not ja noch verschlossen, aber durch den Kuhstall kann jeder ein- und ausgehen. Der Waffenschrank ist häufig offen, weil Alwin dort auch die ganzen Buchführungsunterlagen aufbewahrt."

„So viel Leichtsinn ist mir schon lange nicht mehr untergekommen", bemerkte Jensen trocken. „Wer ist denn in letzter Zeit auf den Hof gekommen, Frau Olsen?" „Das halbe Dorf, Herr Kommissar, die holen doch alle Milch von uns. Selbst Regine Meierling, die sonst nur Bioprodukte kauft, schwärmt von unserer Milch", erzählte Klara Olsen stolz. Karl Jensen betrachtete sein Gegenüber mitleidig, schlug resigniert das Notizbuch zu und wanderte zu Fuß in Richtung Gastwirtschaft.

Kapitel 39

Karl Jensen marschierte zügig und voller Tatendrang über den Plattenweg in Richtung Dorf. Er genoss den kalten, klaren Wintertag in vollen Zügen. Die tief stehende, noch kraftlose Sonne wärmte zwar nicht den Körper, aber umso mehr die Seele. Wie von selbst ordneten sich die Gedanken, die vorher kreuz und quer durch seinen Kopf schwirrten, zu einem groben Gerüst, einem ersten Muster. Noch unklar und verschwommen zwar, doch umrisshaft entwickelten sich Vermutungen und Ahnungen, die immer deutlicher auf eine bestimmte Person hinweisen. Karl Jensen blieb grübelnd stehen. „Sollte es möglich sein? War das der ausschlaggebende Faden, der zur Lösung führte?" Ein schriller Hupton ließ ihn vor Schreck zusammenfahren. Kurz vor seinen Füßen hielt Martin Blöcker den Wagen an, kurbelte die Scheiben herunter und rief seinem Kollegen zu. „Na, du Nachtwandler? Betätigst du dich jetzt als lebende Straßensperre?" Karl Jensen stieg böse brummend auf der Beifahrerseite ein. „Musstest du ausgerechnet in diesem Augenblick auftauchen? du solltest dich doch mit dem Gastwirt austauschen, anstatt mich in meinen tiefgründigen Gedankengängen zu stören. Ich war so nah dran, mir lag die Lösung quasi vor den Füssen… und jetzt? Alles wieder weg!"

„Vor deinen Füssen? Die wären beinahe platt gewesen, weil du dich wie festgewachsen mitten auf dem Weg platziert hast! Sei froh, dass zumindest ich die Augen offen gehalten habe." „Offene Augen helfen uns nicht weiter, ein offener Geist ist das, was wir brauchen", bemerkte Karl Jensen mit arrogantem Tonfall. „Du bist unter die Philosophen gegangen, oder was?" giftete sein Kollege zurück. Jensen wünschte jedoch kein endloses Streitgespräch und lenkte rasch ein. „Nun erzähl mal, Martin, was berichtet denn der Wessehöfter Dorfklatsch so? Hast du etwas Neues gehört?"

„Otto Köppen, der Gastwirt überschlug sich fast vor Wichtigkeit. Hier im Dorf kursieren die wildesten Gerüchte. Die meisten betreffen allerdings Regine Meierling. Die einen behaupten, sie wäre bereits ermordet worden und sei deshalb nicht auffindbar. Andere betrachten sie als geisteskranke Massenmörderin und wollen sie nachts mehrfach im Dorf herumschleichen gesehen haben auf der Suche nach neuen Opfern."

Karl Jensen lachte laut auf. „Das hört sich ja fast so an, als würde Dracula hier durch die Gassen geistern. Was für eine lebhafte Phantasie die Leute haben." Martin Blöcker fühlte sich durch den Einwurf seines Kollegen aufgefordert, weitere Episoden der Wessehöfter Dorfgeschichten vorzutragen: „Stell dir mal vor, andere wollen Callsen als Geist über die Felder haben schweben sehen. Dabei soll er den Namen von Regine Meierling gesungen haben." „Ich möchte nicht wissen, wie viel Grog im Spiel war, um derartige Augenzeugenberichte zu produzieren", kommentierte Karl Jensen die Gräuelgeschichten mit einem breiten Grinsen. „Einen hab ich noch!" witzelte Martin Blöcker. „An der alten Waldhütte soll es spuken. Irgendjemand will dort eine Frau in wallenden Gewändern beobachtet haben, als die durch die Luft schwebte." Karl Jensen schüttelte konsterniert den Kopf.

„Wie kann es nur soviel Aberglauben geben in unserer angeblich so aufgeklärten Zeit. Wenn wir im Fernsehen Berichte über Geisterbeschwörungen irgendwo im tiefsten Afrika serviert bekommen, rümpfen wir die Nase über die rückständigen Hinterwäldler. Doch wir selbst sind keinen Deut besser. Trotz modernster Wissenschaft... Moment mal, von was für einer Hütte hast du eben gesprochen?" „Am Waldrand soll es eine alte verlassene Jagdhütte geben. Wie mir die Bauern im Kruge berichtet haben, befindet sie sich im einsamsten Winkel der Feldmark. In der Winterzeit verirrt sich so gut wie keiner in diesen Winkel." „Mensch, Martin, bist du denn vollkommen

begriffsstutzig! Überleg mal! Eine Frau in wallenden Gewändern!" „Ja, richtig gespenstisch, nicht wahr?" „Martin, ich bitte dich, denk nach! Eine einzelne Frau, im Dorf aufgewachsen, mit einem Jäger verheiratet, auf der Flucht vor der Polizei und dann eine einsame Jagdhütte! Was sagt dir das?"
„Oh, Gott, Karl, du meinst, du glaubst es könnte Regine Meierling sein, die sich dort versteckt hat? Das wäre ja ein Ding!"
„Weißt du, wo die Hütte liegt?" „Keine Ahnung Karl, irgendwo abseits der bekannten Wege, mehr kann ich dir beim besten Willen nicht sagen."

Karl Jensen zog hektisch an seiner Zigarette. „Ruf sofort den Dorfscheriff an, der soll stante pede mit seinem Streifenwagen hier aufkreuzen und uns hinführen." Während sie an einer Wegbiegung auf die ortskundige Unterstützung warteten, lief Kommissar Jensen aufgeregt auf und ab, während eine Zigarette nach der anderen in Rauch aufging. „Bleib ruhig, Karl, dadurch wird der Streifenwagen auch nicht schneller. Übrigens, eines hätte ich fast vergessen zu erzählen!" „Bitte nicht noch so eine Überraschung", stöhnte Karl Jensen. Martin Blöcker fuhr unbeirrt fort. „Ich habe Alwin Olsen im Krug getroffen. Tönte groß herum, wie er mit der Polizei umgesprungen ist. Erst, als er mich bemerkte, wurde er ganz still und verschwand klammheimlich aus der Gaststätte." Karl Jensen lag bereits die passende Antwort über die aus seiner Sicht so nichts sagende Information auf der Zunge, als endlich der Streifenwagen erschien. Der darin befindliche Polizist bestätigte kurz die Lichthupe, winkte und fuhr weiter. Die beiden Kommissare folgten. Kreuz und quer durch die Feldmark führte der Weg, immer unwegsamer wurde die Straße bis sie nur noch über Stock und Stein holperten. „Meine Güte", jammerte Martin Blöcker, „bald sind wir am Ende der Welt."

Endlich tauchte der Waldrand und darin, in einem Fichtenstreifen eingeschmiegt, eine kleine Hütte auf. Karl Jensen riss die Autotür auf, stürmte schneller, als man von ihm erwartet hätte, zur Hütte und riss die kleine Holztür auf. In dem kleinen, muffigen Raum lagen überall verstreut Gebrauchsgegenstände, die zweifelsfrei von einer Frau stammten. Karl Jensen nahm eine der Zigarettenkippen in die Hand, die in dem übervollen Aschenbecher lagen. „Sie war hier!“ konstatierte er, „das ist ihre Marke.“ Dann trat er an den aus Pflastersteinen grob gemauerten Kamin. „Die Asche ist kalt, der Vogel ist seit längerem ausgeflogen!“ bemerkte er mit Bitterkeit in der Stimme. „Sie waren wohl bei den Pfadfindern, was?“ stellte der Dorfpolizist in heiterer Feierabendstimmung fest. Martin Blöcker klappte vor Schreck der Unterkiefer herunter, denn ein Vulkanausbruch war nichts gegen die Reaktion seines Kollegen. Mit beiden Händen packte er den Polizisten an den Schultern und schüttelte ihn mit aller Macht durch. „Ich lasse sie vom Dienst suspendieren, sie Dorfkomiker! Sie wussten doch, dass wir die Frau suchen. In ganz Schleswig-Holstein hängt das Fahndungsfoto an den Bäumen. Sie wussten doch von dieser Hütte und erzählen kein Sterbenswort! Sie sollte man…“ Geradezu friedlich klang der Klingelton von Martin Blöckers Handy in den Wutausbruch hinein. „Du Karl, Regine Meierling sitzt in deinem Büro und möchte mit dir sprechen.“ Karl Jensen ließ sich schwer auf einen der wackligen Sessel fallen und riss die Arme gen Himmel.

Kapitel 40

Regine Meierling sah Kommissar Jensen mit einem provokativen Lächeln an. „Wenn ich mich nicht freiwillig entschieden hätte, mich zu stellen, hätten sie mich nie bekommen." „Auf Dauer wäre es ihnen in der alten Jagdhütte sicherlich zu ungemütlich geworden, meine Liebe", konterte Karl Jensen. Frau Meierling reagierte mit einem kurzen Achselzucken, zog aber doch ein wenig überrascht die Augenbrauen hoch. „Kompliment, Herr Kommissar, haben sie meine kleine Zweitwohnung also doch entdeckt. Unsere Polizei ist wirklich auf Draht."

Kommissar Jensen überhörte geflissentlich den ironischen Unterton. „Ihnen ist hoffentlich klar, Frau Meierling, dass sie sich mit ihrer überstürzten Flucht mehr als verdächtig gemacht haben. Sie stecken mächtig in der Patsche."

Eine erste leichte Unruhe, ein kurzes Flattern der Augenlider zeigte, dass die Äußerung ins Schwarze getroffen hatte. „Sie können mir glauben, Herr Kommissar, wenn Janine mich nicht überzeugt hätte, freiwillig alles aufzuklären…" „Sie haben eine clevere Tochter", bestätigte Karl Jensen. „Seien sie sicher, früher oder später hätten wir sie erwischt, sie haben sich absolut richtig entschieden, denn jetzt haben sie die Möglichkeit, alles wieder ins rechte Licht zu rücken." Regine Meierling erhob sich von ihrem Stuhl und ging nervös auf und ab. Karl Jensen schwieg, stellte keine Frage, wartete einfach ab und seine Geduld wurde belohnt. „Wissen sie", begann sie mehr zu sich selbst sprechend, „ich hatte auch gar nicht die Absicht, einfach abzuhauen, aber als ich das ganze Blut sah, verlor ich einfach die Nerven und wollte nur noch weg. Ich dachte, Kalübbe wäre tot", flüsterte sie, während ihr ein kalter Schauer über den Rücken lief. „Was genau ist passiert, Frau Meierling, bitte erzählen sie mir den ganzen Hergang, auch wenn es Ihnen schwer fällt."

Sie steckte sich mit zitternden Händen eine Zigarette

an. Die ganze anfängliche Selbstsicherheit war wie verflogen. Stockend begann sie zu berichten: „Es klingelte an der Haustür. Ich öffnete. Zu meiner Überraschung stand Johannes Kalübbe vor mir und drängte sich förmlich an mir vorbei in Richtung Wohnzimmer. Überschwänglich sprach er mir sein Beileid aus und riss mich plötzlich an sich, er versuchte mich zu küssen und schob seine Hand unter meine Bluse. Sie hätten seine gierigen Augen sehen sollen und den Geifer, der ihm aus dem Mund floss, es war entsetzlich. Ich wehrte mich mit aller Kraft und stieß ihn weg. Er lachte schäbig, rief „Stell dich nicht so zickig an, du willst es doch auch“, und kam wieder auf mich zu. Mich packte eine unaussprechliche Panik und ich hielt plötzlich wie von selbst den Schürhaken in der Hand. Eine gewaltige Wut stieg in mir auf und ich schwang den Haken über dem Kopf. Ich gebe es offen zu, ich wollte ihn treffen und diesem Alptraum ein Ende setzen. Kalübbe ging rückwärts, redete beruhigend auf mich ein und plötzlich stolperte er, fiel rückwärts und schlug mit dem Hinterkopf auf dem Kaminsims auf. Er gab nur noch merkwürdig, gurgelnde Laute von sich. Ich erschrak fürchterlich, beugte mich aber über ihn, um zu sehen, was mit ihm sei. Auf einmal klebte Blut an meinen Händen. Die Bluse, die Hose, alles getränkt mit Blut. Da verlor ich die Nerven, Herr Kommissar. Sie müssen mir glauben. Ich habe das alles nicht gewollt, ich habe mich nur zur Wehr gesetzt!“

Karl Jensen nickte. „Ich glaube ihnen. Ihre Geschichte entspricht allen Indizien, die wir bisher ermitteln konnten. Zu Ihrer Beruhigung sei gesagt, dass Johannes Kalübbe auf dem Weg der Besserung ist.“

Regine Meierling atmete sichtbar auf. „Viel gravierender als dieser Vorfall ist aber der Mord an Ihrem Mann. Sie haben damals ausgesagt, Frau Meierling, sie wären in der betreffenden Nacht zu Hause gewesen.“ Unsicher sah sie den Kommissar an. „Ja, ich war zu Hause oder glauben sie mir etwa nicht?" „Frau Meierling, sie haben den Mut und die Charakterstärke bewiesen, freiwillig Rede und Antwort zu stehen. Wollen sie sich jetzt wieder in Lügen und Widersprüchen verstricken? Ich bitte sie, sagen sie mir die Wahrheit!"

Lange und nachdenklich blickte sie aus dem Fenster. Karl Jensen spürte, sie traf eine für sie selbst weitreichende Entscheidung und er hoffte inständig, sie entschiede sich für die Wahrheit. Langsam und betont begann sie zu sprechen: „Ich steckte damals in einer tiefen persönlichen Krise. Ich, ich weiß wirklich nicht, ob ich ihnen das alles anvertrauen soll!"

„Versuchen sie es, ich verspreche ihnen, dass alles, was nicht unmittelbar mit den Mordfällen zusammenhängt, hier im Raum bleiben wird."

Regine Meierling kostete es große Überwindung, weiter zu sprechen. „In meiner Brust entdeckte ich kurz vor der bewussten Nacht Knötchen. Meine Mutter ist an Brustkrebs gestorben. Mich packte eine panische Angst, mir stünde dasselbe Schicksal bevor. An dem Abend, als mein Mann ermordet wurde, hielt ich es zu Hause nicht mehr aus. Ich wanderte ziellos in die Feldmark und versuchte, einen klaren Gedanken zu fassen. Immer wieder musste ich daran denken, wie qualvoll meine Mutter gestorben ist. An diesem Abend wollte ich meinem Leben ein Ende setzen, wollte endgültig fliehen vor meinem Mann und der furchtbaren Krankheit. Ich schluckte Schlaftabletten und spülte sie mit einer Flasche Whisky hinunter. Ich legte mich ins Bett und irgendwann am nächsten Tag wachte ich mit fürchterlichen Kopfschmerzen wieder auf. Ich habe meine Konstitution anscheinend maßlos unterschätzt. Und ich habe beschlossen, zu kämpfen. Gegen die Krankheit, wenn der Befund sich bestätigen sollte und gegen die Anschuldigungen, die gegen mich erhoben werden. Das ist die Wahrheit, Herr Kommissar, die reine Wahrheit. Ich schwöre ihnen, ich habe mit den Morden nichts zu tun."

Karl Jensen blickte voller Mitleid auf die zierliche Frau. „Sie beweisen sehr viel Mut. Zu gern würde ich ihnen Glauben schenken, doch eine Vielzahl von Indizien sprechen derzeit gegen sie. Ihre zerrüttete Ehe stellt ein schwerwiegendes Motiv dar. Sie haben kein bestätigtes Alibi für die Tatzeit und sie wussten, wo und wie sie sich die Tatwaffe beschaffen konnten. Auch für den Mord an Callsen können sie keine Zeugen liefern, die Ihre Unschuld bezeugen könnten. Es tut mir leid, Frau Meierling. Sie sind eine unserer Hauptverdächtigen." Kämpferisch streckte Regine Meierling ihr Kinn nach vorn. „Wenn mich nicht alles täuscht, müssen sie mir meine Schuld nachweisen und nicht ich meine Unschuld! Zudem weiß ich nicht einmal, wem die so genannte Tatwaffe gehörte. Und warum hätte ich ausgerechnet den armen Herrmann umbringen sollen? Dem ging es noch viel dreckiger als mir. Herr Kommissar, sie verrennen sich da in etwas. Außerdem fühle ich mich müde und zerschlagen. Draußen wartet Janine mit ihrem neuen Freund. Ich möchte jetzt nach Hause!"

„Eigentlich müsste ich sie wegen bestehender Fluchtgefahr inhaftieren." Regine Meierling stieß einen spitzen Schrei aus. „Alles, nur das nicht, Ich schwöre ihnen, ich werde nicht wieder weglaufen."

Karl Jensen dachte kurz nach. „Na gut, ich vertraue ihnen, aber halten sie sich zur Verfügung. Übrigens können sie ihren Mann beerdigen lassen. Die Obduktion ist abgeschlossen."

„Vielen Dank, Herr Kommissar, Janine hat es mir schon berichtet. Die Bestattung ist für übermorgen angesetzt."

Regine Meierling erhob sich und ging zur Tür. Galant öffnete Karl Jensen die Tür. „Auf Wiedersehen, Frau Meierling." „Sie können sich auf mich verlassen, Herr Kommissar!" Eingerahmt von ihrer Tochter und Jörg Hamann verließ sie das Polizeirevier.

Kapitel 41

„Das darf doch nicht wahr sein!“ Oberkommissarin Schäfer stand am Rande einer Ohnmacht. „Sie sind wohl nicht mehr zu retten, Kommissar Jensen, ganz Schleswig-Holstein sucht Regine Meierling und sie schicken die Frau kurzerhand wieder nach Hause. Und was passiert, wenn es sich die Dame wieder anders überlegt und erneut untertaucht? In ihrer Haut möchte ich dann wirklich nicht stecken!“ Der so Gescholtene ließ die auf ihn niederprasselnden Vorwürfe gleichmütig über sich ergehen. Das brachte seine Chefin nur noch mehr in Rage. „Wieso haben sie eine so weitreichende und sensible Entscheidung nicht mit mir abgestimmt, Jensen? Ihnen ist hoffentlich klar, wenn die Sache schief geht, können sie Ihren Hut nehmen!“ Nun wurde es Karl Jensen allmählich zu bunt.

„Noch führe ich die Ermittlungen in diesem Fall und ich bin gern bereit, die Verantwortung zu übernehmen. Ich bin lange genug im Geschäft, um zu wissen, was ich tue. Selbstverständlich lassen wir Frau Meierling rund um die Uhr beschatten. Wenn sie wirklich versuchen sollte, wieder zu fliehen, was ich übrigens für unwahrscheinlich halte, kommt das einem Geständnis gleich.“

Oberkommissarin Schäfer zeigte sich ein wenig beeindruckt. „Alles schön und gut! Trotzdem hätten sie vorher mit mir darüber sprechen müssen. Wenn die Presse davon Wind bekommt, ist die Hölle los. Ich sehe die Schlagzeile schon deutlich vor mir. Polizei setzt Hauptverdächtige wieder auf freien Fuß.“

Jetzt platzte Karl Jensen endgültig der Kragen. „Seit wann arbeiten wir denn für die Presse? Wir haben zwei Mordfälle zu lösen und im Untersuchungsgefängnis nützt uns Frau Meierling herzlich wenig. Betrachten sie die Sache mal ganz objektiv, Frau Schäfer. Was haben wir denn wirklich gegen ihre so genannte Hauptverdächtig in der Hand? Sie besaß ein Motiv und hatte die Gelegenheit, bestreitet aber die Fakten. Es gibt aber ebenso viel, was gegen sie als Täterin spricht. Ihre bisherigen Aussagen klingen schlüssig und plausibel. Wenn sie wirklich Ihren Mann hätte töten wollen, hätte es für sie sicher elegantere Möglichkeiten gegeben, als quer über den Acker zu marschieren und ihren Mann niederzuschießen. Zudem frage ich mich, wie eine so zierliche Frau den alten Callsen bis zum Teich hätte schleppen können, um ihn dort zu versenken."

„Vielleicht gibt es einen Komplizen?" wandte Frau Schäfer ein. „Den hat sie dann aber vorzüglich versteckt. Nein, Frau Schäfer, dafür gibt es bislang nicht den leisesten Hinweis. Ich gebe ja zu, dass einiges für Frau Meierling als Täterin spricht, aber wir können ihr nicht das Geringste beweisen. Wir müssen die Ermittlungen weiter vorantreiben und abwarten, bis ihr ein Fehler unterläuft. Das kann aber nur geschehen, wenn sie sich auf freiem Fuß befindet."

Oberkommissarin Schäfer gab sich geschlagen. „Unter diesem Aspekt habe ich den Sachverhalt noch nicht betrachtet. Sie haben Recht, das ist wahrscheinlich unsere einzige Chance. Ich bleibe aber dabei, sie hätten mich vorher informieren müssen!"

Karl Jensen lächelte seine Chefin mit Unschuldsmiene an. „Manche Entscheidungen erwachsen spontan aus der Situation, Frau Schäfer. Ich gelobe Besserung. Übrigens findet übermorgen die Beerdigung von Stefan Meierling statt. Ich werde mit Martin Blöcker nach Wessehöft fahren und daran teilnehmen. Vielleicht erwachsen daraus ja neue Erkenntnisse."

Oberkommissarin Schäfer nickte zustimmend. „Guter Gedanke, Herr Jensen. Na, dann werde ich erst einmal eine Etage höher marschieren und Bericht erstatten über die von uns beiden getroffenen Entscheidungen. Ich hoffe, ich bekomme nicht allzu viel zu hören.“

Karl Jensen streckte ihr wortlos die Hand entgegen und Oberkommissarin Schäfer schlug ebenso wortlos ein. Die einvernehmlichen Blicke dagegen, die die beiden sich zuwarfen, sprachen Bände.

Kapitel 42

Die Kirchenglocken läuteten und in die Dorfkirche von Wessehöft ergoss sich ein schier endlos scheinender Strom von Trauergästen. Schwarze und dunkelblaue Anzüge und Mäntel beherrschten das Bild, durchsetzt von dunkelgrünen Joppen der grünen Zunft sowie den Uniformen der Feuerwehrleute. Echte, tiefgehende Trauer spiegelte sich indessen auf keinem der unzähligen Gesichter, eher die unverhohlene Neugierde über ein in Wessehöft noch nie da gewesenes Ereignis, die Bestattung eines Mordopfers, die Beerdigung von Stefan Meierling. Karl Jensen und Martin Blöcker fanden nur noch mit Mühe und Not in der letzten Reihe einen Sitzplatz in der überfüllten Kirche. Selbst in dem Mittelgang hatte der vorausschauende Pastor weitere Stuhlreihen aufstellen lassen, da ihm die menschlichen Schwächen seiner Schäfchen nur allzu bewusst waren. Ein leises Geraune und Geflüster herrschte in der ganzen Kirche und die beiden Kriminalbeamten lauschten den leisen Gesprächen in der Vorderbank. Immer wieder drangen Gesprächsfetzen wie: „Das kann doch nur seine Frau gewesen sein" oder „die Polizei ist vollkommen unfähig" in die Ohren der beiden. Nicht weit entfernt von den beiden Kriminalbeamten saß auch Frau Kalübbe. Die Bauersfrau ließ ihren Blick in die Runde schweifen, um festzustellen, wer ihrer Freunde oder Bekannten die heutige Beerdigung wohl besuchen würden und, was für den kommenden Tratsch noch viel wichtiger war, wer eben nicht erschien. Während einer ihrer üblichen Panoramablicke entdeckte sie zwangsläufig auch die beiden Kommissare. Ein kurzes Tuscheln mit ihrem Sitznachbarn, das sich wellenförmig in der gesamten Kirche ausbreitete, folgte. Überall reckten sich Hälse und drehten sich neugierige Augenpaare in Richtung der letzten Sitzreihe. Und schlagartig war es mucksmäuschen still. Nicht einmal ein obligatorisches Husten oder ein Räusperer waren zu hören.

„Ich habe den Eindruck, unser Inkognito ist aufgeflogen“, flüsterte Martin Blöcker grinsend seinem Kollegen zu. „Das Gefühl habe ich auch“, erwiderte Karl Jensen ebenfalls im Flüsterton. „Mit unüberlegten Äußerungen brauchen wir jetzt nicht mehr zu rechnen.“ Die letzten Klänge der Kirchenglocke verhallten. Dem Sarg folgte Regine Meierling, gestützt von ihrer Tochter und Jörg Hamann. Noch aus der Entfernung fielen Karl Jensen die schwarzumrandeten Augen und die verweinten Gesichter der beiden Frauen auf. Vor allem Regine Meierling wirkte tief betroffen. „Wenn man nur wüsste, was wirkliche Trauer und was, zugegebener Maßen, bemerkenswerte schauspielerische Leistung darstellt“, überlegte er für sich und bemerkte an den Gesichtern vieler Trauergäste, dass er nicht der einzige war, der darüber sinnierte. Den Abschluss der feierlichen Prozession bildete eine Abordnung der Freiwilligen Feuerwehr, die links und rechts des Sarges aufmarschierten, um nach Abschluss des Trauergottesdienstes als Träger zu fungieren. Der Pastor begann das erste Lied anzustimmen und Karl Jensen fühlte, wie immer in solchen Momenten ein beklemmendes Gefühl in sich aufsteigen, da öffnete sich nochmals die schwere Eingangstür der Kirche. Alle, bis auf Mutter und Tochter Meierling blickten in Richtung Tür. Der Pastor verärgert, da er sich im Ablauf seiner Gottesdienste nur ungern stören ließ, der Rest neugierig, wer noch so spät zu trauern gedachte. Etwas peinlich berührt, ob der ungeteilten, aber nicht erwünschten Aufmerksamkeit, die ihm so unerwartet geschenkt wurde, betrat Rüdiger Callsen gemeinsam mit seiner Mutter die Kirche. Nun begann eine hektische Platzsuche und erst nach vielem Schieben und Drängeln konnte auch das Problem gelöst werden.

„Sie muss einmal eine sehr schöne Frau gewesen sein“, überlegte Karl Jensen, „wie schwere körperliche Arbeit einen Menschen doch verändern kann.“

Der Pastor hatte zwischenzeitlich seinen Rhythmus

wieder gefunden und führte den Gottesdienst in altbewährter Manier weiter. Karl Jensen empfand die klare, unmissverständlich Auffassung des Geistlichen als außerordentlich wohltuend. Die Verurteilung der Tat ohne wenn und aber, die ausgewogene Mischung zwischen Trost für die Hinterbliebenen auf der einen und die kritische, realistische Würdigung des Toten auf der anderen Seite, zeugten von viel Takt- und Fingerspitzengefühl. Nach der Trauerrede überkam Karl Jensen das Gefühl, den Menschen Stefan Meierling erst jetzt richtig kennen gelernt zu haben. Der Gottesdienst verging für Karl Jensen wie im Fluge. Als der Sarg aus der Kirche getragen wurde, heftete sich Jensens Blick automatisch auf die nachfolgenden Regine und Janine Meierling. Die verquollenen Augen und das verlaufene Make-up sprachen Bände. Karl Jensen spürte es mit jeder Faser seines Herzens. Das hier war tiefer Schmerz und echte Verzweiflung. Wie treffend hatte es der Pastor formuliert? „Des Menschen Herz ist unergründlich, es liebt die Toten, die er als Lebende hasste."

Die ganze Prozession bewegte sich nun gemessenen Schrittes auf den Friedhof zu und gelangte schließlich an das offene Grab. Die Sargträger versenkten die sterblichen Überreste von Stefan Meierling in der Gruft und verneigten ihre Häupter zur letzten Ehrenbezeugung. Im Anschluss gruppierten sich die Jagdhornbläser für ihren Auftritt. Die Mundstücke der Jagdhörner berührten die Lippen und weit hallten die getragenen Melodien über den Friedhof. Das „Halali" und „Jagd vorbei" erklangen melodisch als letzter Gruß.

„Siehst du, Martin, nun weißt du zumindest, wie das Halali klingt." Martin Blöcker war sichtlich gerührt. „Ich muss es zugeben, das ganze hat wirklich Stil." Langsam aber sicher zerstreute sich die Trauergemeinde und nur noch wenige Schaulustige blieben, um die Zeremonie bis zum Schluss mitzuerleben. Familie Meierling wandte sich nun ebenfalls vom Grab ab und ging, nach einem kurzen Dank an den Pastor, auf das Auto zu. Nur langsam, fast widerstrebend löste sich Regine Meierling von der letzten Ruhestätte ihres Mannes. In diesem Moment geschah es. Janine Meierling schrie plötzlich auf, schlug die Hände vor ihr Gesicht, taumelte und glitt ohnmächtig zu Boden. Ehe die beiden Kommissare zur Hilfe eilen konnten, kümmerte sich bereits Jörg Hamann fürsorglich um seine Freundin und auch Rüdiger Callsen stürmte heran und bot seine Dienste als Sanitäter an, während ihre Mutter fassungslos daneben stand. In diesem Augenblick schlug die junge Frau die Augen auf, klammerte sich Hilfe suchend an ihren Freund und stammelte: Bring mich hier weg, Jörg, bitte, schnell!"

Rüdiger Callsen, der sich gerade über Janine beugte, um den Pulsschlag zu messen, sagte: „Warten sie, ich fasse mit an!" Jörg Hamann schüttelte energisch den Kopf. „Nein, nein, das schaffe ich schon alleine. Vielen Dank."

Sanft hob er Janine auf und trug sie zum Auto. Martin Blöcker schüttelte mitleidig den Kopf. „Das arme Ding! Das war sicherlich alles zu viel für sie!"

Nun war es an Karl Jensen, den Kopf zu schütteln. „Nein Martin, ich schwöre dir, da steckt etwas anderes dahinter. Wir hofften doch immer auf ein Signal, ein Zeichen ich glaube, heute haben wir es erhalten!" Martin Blöcker blickte verwundert auf seinen Kollegen. „Was in aller Welt meinst du damit, Karl!"

„Warte ab, Martin, es sind bisher nur vage Vermutungen, lass mich bitte erst darüber nachdenken."

„Ich glaube, dir ist der heutige Tag nicht bekommen, Karl". Der hörte bereits gar nicht mehr zu, sondern marschierte zielstrebig zum Auto.

Kapitel 43

„Was ist bloß mit dir los, Karl?“ fragte Susanne Jensen ihren Mann und tiefe Besorgnis lag in ihrer Stimme. „Die ganze Nacht hast du dich im Bett hin- und hergewälzt und ununterbrochen mit dir selbst gesprochen. Sieh dich mal vor dem Spiegel an! Du hast tiefschwarze Augenringe!“ Karl Jensen saß am Frühstücksstisch und schaute seine Frau zärtlich an. Mit verklärtem Gesicht wanderte sein Blick herunter zu dem schlanken Bauch, in dem sich, noch unsichtbar, neues, hoffnungsvolles Leben regte. „Du hast eine wundervolle Figur mein, Schatz, jeder Mann wäre stolz darauf, dich als Ehefrau an seiner Seite zu haben!“ „Vielen Dank für das Kompliment, Karl. Weich mir aber nicht aus! Ich mache mir wirklich Sorgen um dich! Sag mir, was belastet dich so sehr?“

„Der Fall in Wessehöft lässt mir keine Ruhe, Schatz. Da läuft nach wie vor ein Mörder oder eine Mörderin frei herum. Wer sagt mir denn, dass er nicht genau in diesem Moment wieder zuschlägt? Als die kleine Meierling gestern auf der Beerdigung plötzlich zusammenbrach, dachte ich im ersten Augenblick, jetzt ist es wieder soweit. Es muss etwas passieren, Susanne, so kann es nicht weitergehen.“ Karl Jensen blickte auf die alte Küchenuhr und stand abrupt auf, während er den letzten Schluck Kaffee hastig herunterschluckte. „Ich muss zum Dienst. Die Schäferin hat für heute morgen eine Dienstbesprechung angesetzt. Wenn ich da zu spät komme, gibt es ein fürchterliches Theater.“

Susanne Jensen schlang ihre Arme um den Hals ihres Mannes und küsste ihn voller Zärtlichkeit. „Lass den Kopf nicht hängen, Karl, du schaffst das schon!“ Karl Jensen löste sich, wenn auch widerstrebend von seiner Frau und fuhr Richtung Kiel. Eine innere Unruhe bemächtigte sich seiner, je mehr er sich der Landeshauptstadt und damit dem Polizeipräsidium näherte.

Die tristen Äcker und Wiesen, die kahlen Bäume am Rand der Straße, der Gegenverkehr – alles erschien ihm so unwirklich, so nebensächlich. Und immer wieder klangen die getragenen Töne der Jagdhörner, das letzte Halali wie Paukenschläge in seinen Ohren. Energisch schüttelte er den Kopf, versuchte, die Visionen zu vertreiben und konzentrierte sich mit aller Macht auf den Autoverkehr. Doch es nützte nichts. Die Nervosität wuchs und wuchs. Wie von selbst entstand urplötzlich das blasse, angstvolle Gesicht von Janine Meierling vor seinen Augen, umgeben von rotem, träge dahin fließenden Blut. Eine panische Angst bemächtigte sich seiner und presste seinen Brustkorb schmerzhaft zusammen. Gewalt und Tod umgaben und umfluteten ihn wie ein wie ein undurchsichtiger Nebel. Der rechte Vorderreifen seines Autos rutschte plötzlich von der Straße auf die matschige Bankette und der Wagen schlingerte gefährlich. Nur mit größter Mühe gelang es Karl Jensen, den Wagen zum Stehen zu bringen, bevor er gänzlich in den tiefen Straßengraben abrutschte. Tief atmete er durch und saß für einen Moment völlig regungslos im Auto, während die anderen Verkehrsteilnehmer mit verdutzten, teilweise verärgerten Gesichtern an ihm vorbeifuhren. Karl Jensen registrierte davon nichts, er hatte eine Entscheidung zu treffen, das spüre er mit jeder Faser seines Körpers. Und er traf sie. Ohne Rücksicht auf das Hupkonzert und die vielen Zeigefinger, die in Richtung Stirn wanderten, wendete er seinen Wagen und fuhr in die entgegengesetzte Richtung nach Wessehöft. Seine Chefin und die avisierte Lagebesprechung waren vergessen. Eine knappe dreiviertel Stunde später klingelte Karl Jensen an der Haustür der Familie Meierling. Regine Meierling öffnete. „Guten Morgen, Herr Kommissar. Mit ihnen habe ich so früh am Tag gar nicht gerechnet. Was kann ich für Sie tun?!"

„Guten Morgen, Frau Meierling, ich hätte gerne ihre Tochter gesprochen." Regine Meierling lachte. „Scheinbar ist die Jugend mehr gefragt als die älteren Semester. Sie sind jetzt schon der zweite, der nach ihr fragt."

„Wieso", unterbrach der Kommissar die Erläuterungen, „wer wollte sie denn noch sprechen?"

„Jörg Hamann, aber den musste ich auch schon enttäuschen. Janine entschloss sich spontan, einen Waldspaziergang zu unternehmen, um sich vom gestrigen Tag zu erholen, kurz nachdem das Telefon geklingelt hatte." „Mit wem telefonierte sie?" fragte Karl Jensen ungeduldig, denn er spürte eine innere Unruhe erneut aufkeimen. „Angeblich ein alter Studienkollege, der über irgendwelche Vorlesungen mit ihr sprechen wollte. Den Namen habe ich inzwischen wieder vergessen"

„Wo finde ich den Wald, Frau Meierling? Ich werde mich mit ihrer Tochter dort unterhalten." „Sie machen sich doch Sorgen, Herr Kommissar, das sehe ich ihnen doch an. Ist Janine in Gefahr? Sagen Sie mir die Wahrheit! Bitte!"

Karl Jensen zögerte einen Moment und blickte in die flehenden Augen der besorgten Mutter. „OK, Frau Meierling, meine ehrliche Meinung. Ja, ich glaube, ihre Tochter ist in Gefahr. Fragen sie mich bitte nicht, wie ich darauf komme. Ich habe keinerlei konkreten Anhaltspunkt, es ist eine reine Vermutung."

„Dann nehmen sie mich mit. Vielleicht kann ich ihnen helfen!" Energisch wehrte Karl Jensen dieses Ansinnen ab. „Kommt gar nicht in Frage. Wir wollen doch nicht die Pferde scheu machen. Außerdem helfen sie mir mehr, wenn sie hier warten. Falls ihre Tochter vorher auftaucht, sagen sie ihr bitte, sie möge auf mich warten. Und nun erklären sie mir, wie ich in diesen Wald komme."

„Fahren sie etwa einen Kilometer wieder zurück. Dann biegen sie in den ersten Feldweg gleich hinter der scharfen Kurve ein. Der führt sie direkt zum Wald."

Mit einem kurzen Gruß verabschiedete sich Jensen und fuhr mit knirschenden Reifen vom Hof. Nebelschwaden zogen auf und verdichteten sich mehr und mehr zu einer wallenden, undurchsichtigen Masse. „Das hat mir gerade noch gefehlt", dachte der Kommissar und tastete sich, mehr als das er fuhr, zu seinem Ziel.

Kapitel 44

Janine Meierling wanderte nachdenklich den Waldweg entlang, auf dem sie ihren Vater vor vielen Jahren so häufig auf der Pirsch begleitet hatte. Jeder Baum, jeder Strauch war ihr auch heute noch so vertraut, wie anderen Jugendlich die Boutiquen und Eisdielen ihres Stadtteils. Ihre Gedanken schweiften zurück in die Kinderzeit und die spannenden Jagdausflüge, die sie mit ihrem Vater unternommen hatte. „Wenn er nur Mama nicht immer so schlecht und gemein behandelt hätte", dachte sie wehmütig. Wie selbstverständlich stellte sie sich von Anfang an auf die Seite der Mutter, verteidigte sie, soweit sie es als kleines Kind vermochte. Und doch verspürte sie eine tiefe Trauer und Schmerz bei dem Gedanken, nie wieder mit ihrem Vater durch Feld und Flur streifen zu können. Leise wiegten sich die kahlen Kronen der weit über hundert Jahre alten Eichen und Buchen im leichten Nord-Westwind. Hier und da vernahm Janine ein Knarren der mächtigen Stämme. Sie fürchtete sich nicht vor den ihr so vertrauten Geräuschen des Waldes. Im Gegenteil. Auch nach den Universitätsjahren in der Stadt hatte sie die enge Bindung an die Natur nicht verloren. Das Ächzen der majestätischen Baumriesen kam ihr vor, wie der erleichterte Seufzer nach einem langen, kalten Winter. Ein erstes, noch sehr vages Frühlingsahnen lag in der Luft, doch die kalte Jahreszeit gab sich noch nicht geschlagen. Dichte Nebelschwaden trieben wie schwerfällige Luftschiffe durch den Wald und kündigten einen Wetterumschwung an. Die junge Frau setzte unbeirrt ihre einsame Wanderung durch den winterlichen Wald fort. Immer enger verwoben sich die weißlichen Schwaden ineinander, bis sie eine einzige, dichte Wand bildeten. Wie durch Watte gedämpft, drangen leises Rascheln und ab und zu das Knacken eines dürren Astes durch den Wald. Janine Meierling lief ein eiskalter Schauer über den Rücken. Sie ahnte, mehr als sie es wusste, da zog kein Wild durch den Wald. Die Geräusche konnten, ja mussten von einem Menschen stammen. Irgendjemand verfolgte sie. Schon bereute sie, sich auf diese Verabredung, und dann noch unter absoluter Geheimhaltung, eingelassen zu haben. Sie beschleunigte automatisch ihre Schritte. Immer häufiger drehte sie sich um. „Der verdammte Nebel“, dachte sie. „Keine zwanzig Meter Sicht! Wer geht bloß hinter mir durch den Wald?“ Wieder brach ein dürrer Zweig unter dem Gewicht eines schweren Trittes. Schweißperlen traten ihr auf die Stirn. Keuchen, schweres Atmen drang an ihr Ohr, oder spielte nur die Fantasie ihr einen bösen Streich? Wieder lauschte sie angestrengt in die treibenden Nebelschwaden, aus denen die Bäume wie übermächtige Riesen herausragten. Irgendwo aus dem weißen Dunst drang ein unwirklich klingender Ruf. „Janine!“ Mal fern, mal nah, wiederholte sich der schauerliche Ausruf. Es klang, als riefe der Wald ihren Namen. Janine Meierling schrie entsetzt auf. Ihr Herz hämmerte wild. Blindlings hetzte sie den Waldweg entlang, stolperte, ding sich wieder und stürmte schließlich orientierungslos quer durch den Wald. Zweige schlugen ihr ins Gesicht und die Ranken wilder Brombeeren zerkratzten ihre Hände. „Nur weiter, raus aus diesem verfluchten Wald“, hämmerte es unentwegt in ihrem Kopf, doch sie lief nur tiefer in den Wald hinein. Dann erreichte sie einen tiefen Graben, glitt an der matschigen Kante aus und stürzte kopfüber die Böschung hinunter. Fast bis zur Hüfte versank sie in dem breiigen Morast. Mit aller Kraft klammerte sie sich an einigen Grasbüscheln fest, versuchte, sich emporzuziehen und rutschte wieder zurück in den Schlamm. Plötzlich tauchte ein Kopf am Rand der Grabenkante auf. Erst erschrocken, dann erleichtert blickte Janine empor. „Gott sei Dank, du bist es. Sei so nett und hilf mir, aus dieser fürchterlichen Brühe herauszukommen!“ Die hoch gewachsene Gestalt rührte sich nicht, starrte sie nur wortlos an. Janine Meierling setzte gerade zu einer geharnischten Schimpfkanonade von wegen unterlassener Hilfeleistung an, da erkannte sie die Wahrheit in den wie irre funkelnden Augen. „Du warst es!“ flüsterte sie erschüttert. „Du hast Papa umgebracht.“ Von der eigenen Erkenntnis wie gelähmt, starrte sie wie gebannt auf das zu einer Fratze entstellte Gesicht. Mit vorgestreckten Händen näherte sich der Mörder von Wessehöft seinem wehrlosen Opfer und Janine Meierling schrie, schrie verzweifelt um ihr Leben. Und gleichzeitig sank ihr der Mut. Wer sollte schon beistehen können? Sie war mutterseelenallein mit ihrem Mörder in diesem Wald. Urplötzlich schnellte eine zweite Peron auf den Angreifer los. Eine wüste Rangelei begann. Zwei Männer wälzten sich, wild aufeinander einschlagend im Schlamm. Jörg Hamann kämpfte wie ein Löwe. Ihm war klar, hier ging es um alles oder nichts. Er rang um das Leben seiner Liebsten und um das eigene. Doch sein Gegenüber stand ihm an Körperkraft und Gewandtheit in nichts nach. Hin und her wogte der Kampf. Endlich gelang es Hamann, seinem Gegner mit einem geschickten Schlag die Füße unter dem Körper weg zuschlagen. Dieser fiel hintenüber auf den Rücken. Blitzschnell stürzte sich Jörg Hamann auf ihn und schlug wahllos auf Kopf und Oberkörper ein. Sein Kontrahent stöhnte vor Schmerzen aufgrund der wuchtigen Schläge. Jörg Hamann wähnte sich bereits als Sieger, denn die Gegenwehr nahm rapide ab. Schon glitt sein Blick zu Janine. Dieses vorschnelle Handeln wurde ihm zum Verhängnis. Er übersah den faustgroßen Stein in der Hand des anderen, dem sein Gegner ihm in Bruchteilen einer Sekunde mit aller Kraft gegen die Stirn schmetterte. Mit einem gurgelnden Geräusch sank er bewusstlos auf die Seite. Mühsam richtete sich der Sieger auf und drehte sich langsam zu Janine Meierling um. „Jetzt kommst du an die Reihe!“ keuchte er, um im selben Moment ebenfalls stöhnend und mit einer großen Platzwunde am Hinterkopf zusammenzubrechen. Karl Jensen steckte seine Dienstwaffe, die außerplanmäßig als Schlaginstrument herhalten musste, wieder zurück in seinen Mantel. „Das hätten wir geregelt!“ verkündete er erleichtert, drehte den Verwundeten auf den Rücken und blickte in das Gesicht von Rüdiger Callsen.

Kapitel 45

Draußen stürmte es und dicke Regentropfen klatschten gegen die Fenster. Im Hause der Familie saßen Regine und Janine Meierling, Jörg Hamann mit einem Verband um den Kopf, sowie Karl Jensen gemütlich bei Kaffee und Kuchen. „Das waren die entsetzlichsten Minuten meines Lebens, Herr Kommissar!“ stammelte Janine, immer noch sichtlich angegriffen von dem Erlebten. „Sie haben Glück gehabt, junge Dame, ein unfassbares Glück, dass gleich zwei Beschützer zur Stelle waren. Wenn Jörg Hamann und ich in dieser Waschküche in eine andere Richtung geirrt wären, das Ende wage ich mir nicht auszumalen.“

„Ich dachte, ich hätte ihn schon runtergekriegt“, mischte sich Jörg Hamann in das Gespräch ein, „wo der so plötzlich an den Stein gekommen ist, bleibt für mich ein Rätsel.“

„Das kommt dabei raus, wenn man nur Augen für das schöne Geschlecht hat“, lachte Karl Jensen, „die dicke Beule an ihrem Kopf wird sie noch längere Zeit daran erinnern.“

„Ich verstehe immer noch nicht, Herr Kommissar, warum Rüdiger Callsen zum Mörder werden konnte“, fragte Regine Meierling nachdenklich. „Ich kannte ihn nur als einen freundlichen, aufgeweckten Menschen. Nie im Leben hätte ich ihm so etwas Schreckliches zugetraut.“

Karl Jensen steckte sich zögernd eine Zigarette an. „Eigentlich dürfte ich ihnen keine Auskünfte geben. Ich glaube aber, sie haben ein recht darauf, alles zu erfahren. Auch hat Rüdiger Callsen ein umfassendes Geständnis abgelegt und die Presse wird das meiste ohnehin in den nächsten Tagen veröffentlichen. Das Hauptmotiv für einen geplanten Mord besteht in 90 Prozent aller Fälle in finanziellen Angelegenheiten. Größere Geldsummen, Lebensversicherungen oder zu erwartende Erbschaften. Damit ist der Mörder zwangsläufig im engeren Umfeld des Opfers zu suchen. Zwischen Stefan Meierling und

Rüdiger Callsen ließen sich im Rahmen der Ermittlung keine Zusammenhänge erkennen. Sein eigener Vater, Herrmann Callsen, besaß nichts, was einen Mord aus Habgier rechtfertigen konnte. Ein weiteres, gravierendes Motiv ist Hass. Also konzentrierten sich unsere Ermittlungen zwangsläufig in diese beiden Richtungen. Schnell stießen wir auf Familie Olsen und die Damen Meierling."

Janine Meierling reagierte empört. „Sie haben im ernst geglaubt, Mutter oder ich hätten etwas mit Vaters Tod zu tun gehabt? Das ist ja ungeheuerlich." Karl Jensen blickte die junge Frau ernst an. „Sie hatten doch selbst Ihre Mutter zumindest zeitweise in Verdacht und es sprach sehr viel für diese Theorie."

Ein wenig beschämt senkte Janine ihren Kopf. Ihre Mutter klopfte ihr aufmunternd auf die Schulter. „Nun lass man, Janine, der Kommissar hat ja nicht Unrecht. In den bewussten Tagen prasselte viel auf mich ein. Ich konnte kaum einen klaren Gedanken fassen. Das Resultat war eine absolute Kurzschlusshandlung. Was hat aber nun Rüdiger Callsen bewogen, meinen Mann und seinen eigenen Vater zu ermorden?"

„Grenzenloser Hass, Frau Meierling. Sein leiblicher Vater, Ihr Mann, Frau Meierling, sorgte zwar finanziell für ihn, hätte ihn jedoch nie offiziell als leiblichen Sohn akzeptiert. Seinen Stiefvater machte er für das trostlose Leben verantwortlich, das er und seine Mutter, die er abgöttisch liebt, führen mussten. Schon vor etwa einem Jahr hatte er von der Affaire zwischen seiner Mutter und Stefan Meierling erfahren, als diese ihm in einem Anflug von Reue die Wahrheit seiner Herkunft beichtete. Ich möchte ihn als Wanderer zwischen zwei Welten bezeichnen, der nirgends Geborgenheit und ein wahres Zuhause erfahren durfte. So steigerte sich sein Hass im Laufe der Zeit ins Unermessliche."

„Aber wie konnte er sich die Waffe aneignen?“ fragte Jörg Hamann. „Er lieferte Olsens Antibiotika für die Behandlung kranker Tiere“, antwortete Karl Jensen, „er ging auf dem Hof praktisch ein und aus. Seine Tätigkeit als Sanitäter bot ihm die Möglichkeit, sich problemlos das Chloroform anzueignen, mit dem er Johannes Callsen betäubte, bevor er ihn ertränkte.“

„Und der Einbruch bei uns im Haus, was bezweckte er damit?“ fragte Janine Meierling.

„Er suchte nach schriftlichen Dokumenten, die seine wahre Identität hieb- und stichfest beweisen sollten. Ja, er war sehr fündig, unser Herr Callsen. Seine angeblichen Beobachtungen in der Einbruchsnacht, der fingierte anonyme Brief, die Verdächtigungen gegen sie, Frau Meierling, die er gezielt im Dorf streute. Das muss der Neid ihm lassen. Er verstand es meisterhaft, uns immer wieder auf eine falsche Fährte zu locken.“

„Irgendwie bemitleide ich ihn“, sinnierte Janine Meierling, „Vater und Mutter stritten sich zwar ständig, doch ich wusste immer, wer meine Eltern sind und wo mein Elternhaus ist. Doch warum wollte er mich töten, Herr Kommissar, ich bin doch seine Halbschwester?“

„Er ahnte, oder glaubte zu ahnen, dass sie die Wahrheit erkannt hatten. Damals, als sie mir von dem angeblichen Kriminalbeamten erzählten, der sie mit dem Auto verfolgte, horchte ich bereits auf, denn ich wusste definitiv, dass wir es nicht waren. Ob er sie zu diesem Zeitpunkt bereits ermorden wollte, glaube ich jedoch nicht. Den Ausschlag gab ihr Zusammenbruch auf der Beerdigung. Ihr entsetzen bezog er unmittelbar auf seine Person. Damit stand sein Entschluss fest. Aber nun erzählen sie uns, Frau Meierling, was sie wirklich zu sehen glaubten!“

„Es war die Art und Weise, wie er die Hand zu Nase und Stirn führte. Genauso wie Vater, wenn er nervös war. Ich wäre nie auf den Gedanken gekommen, dass er Vaters Sohn ist. Ich dachte nur, da steht Vater und mir wurde schwarz vor Augen. Erst nachts grübelte ich darüber nach und als er mich am nächsten Tag zu einem Spaziergang einlud, um mir ein Geheimnis anzuvertrauen, was die Morde in Wessehöft in einem anderen Licht erscheinen lassen würden, siegte bei mir die Neugier. Nie im Leben hätte ich vermutet, dass er hinter all dem steckte."

Karl Jensen nickte verständnisvoll. „Lassen sie sich das eine Lehre sein. Jörg Hamann und ich können nicht immer so dicht hinter ihnen stehen, um sie aus dem Gefahrenbereich rauszuholen."

Als wenn er auf dieses Stichwort gewartet hätte, sprang dieser auf, wobei er schmerzhaft das Gesicht verzog und eine Hand zur Stirn führte und rief: „Ich schon, Janine, ich werde, wenn du es nur willst, immer in deiner Nähe sein!"